GOBOOKS
& SITAK
GROUP©

GOBOOKS
& SITAK
GROUP ©

三日月書版

三日月書版

SOULS x SLAUGHTERS
靈魂
ソウルズ
殺戮
草子信 著
茶渋たむ 繪
04
輕世代 FW398
三日月書版

SOULS × SLAUGHTERS

CONTENTS

ソウルズ x スローターズ

+ + + + + SOULS x SLAUGHTERS

SOULS SLAUGHTERS

Souls Slaughters

杜軒 BARISTA DU XUAN

Profile

從小就有「預見」能力，可以被動看見尚未發生的事。
聽明有心計，但心地善良，無法棄他人於不顧。

靈魂型態	技能類別
生者	預見者

SOULS×SLAUGHTERS

SOULS SLAUGHTERS

Souls slaughters

夏司宇 HYENA XIA SI-YU

Profile

生前是職業軍人，
綽號「不死的鬣狗」。
不苟言笑，總是表現出漠然的態度，但有著不隨便殺人的堅持。

靈魂型態	技能類別
死者	戰鬥專家

SOULSXSLAUGHTERS

SOULS SLAUGHTERS

Souls Slaughters

徐永遠 XU YONG-YUAN

TELEPATH

Profile

被困在地獄深處的生者靈魂，擁有心電感應能力。
爽朗親切的型男，容易讓人產生好感。

靈魂型態	技能類別
生者	心電感應

SOULSXSLAUGHTERS + + + +

SOULS SLAUGHTERS

Souls Slaughters

戴仁佑 HUNTER DAI REN-YOU

Profile

在異空間狩獵的「死者」，生前是盜獵者，遭同伴拋下後落入陷阱死亡。

在異空間的狩獵場待了太久，開始感到厭倦。

靈魂型態	技能類別
死者	獵人

SOULSXSLAUGHTERS

楔子

梁宥時足足昏倒六個小時左右才醒過來，當他睜開眼睛的時候，看到的並不是夏司宇和戴仁佑，而是能讓他感到安心的杜軒。

他第一時間的反應是覺得太好了，幸好杜軒沒事，但很快地他就翻開棉被，從床上彈起來，臉色鐵青地大聲追問：「那、那些怪物沒追過來吧？」

杜軒被梁宥時嚇了一大跳，他眨眨眼，輕拍梁宥時的背。

「現在很安全，什麼事也沒有。」他原本是想等梁宥時醒來之後立刻向他道謝，如果當時不是他即時幫忙，他們四個人根本逃不出來。

但，比起謝意，更多的是困惑，再加上梁宥時的情況似乎有點不太對勁，讓他覺得必須先把眼前的問題解決後，再慢慢表達謝意。

梁宥時臉色鐵青地抓著杜軒的手，直到確定他是有體溫的活人，才稍稍冷靜下來。

「哈……太好了……」

「你怎麼會知道我們需要幫助？」

聽見杜軒的提問，梁宥時先是頓了一下，接著露出為難的表情。

「我覺得你不會相信我。」

「你不說我怎麼判斷？」

「呃……」梁宥時再次確定房間內只有他們兩個人之後，才乖乖回答：「我遇到一個跟我長得一模一樣的人，是他要我去幫你們忙的，但那時候我根本不知道他是什麼意思，還以為是自己在做白日夢。」

一模一樣的人？

杜軒想起自己在垂死邊緣時，也見過一個和自己有著同樣面孔的男人，那個人看起來就像是分身，雖然陌生，卻有種熟悉感。

僅僅只是一眼，他就直覺判斷對方並不是壞人，而自己也不是在做夢。

現在想想，這種事怎麼樣都不符合常理，而且他很了解自己絕對不是那種會輕易相信別人的個性，所以當時光是沒有對那張臉產生懷疑，就已經讓他覺得自己像是被洗腦一樣。

估計梁宥時也是這種感覺。

「那個人要你做什麼？」

「他說我應該要用特殊能力來保護同類，雖然我不太懂那個人想說什麼，可是我卻信了，而且還是沒有理由地信任他……那種感覺超級微妙的。」

「結果呢？」

「我照那個人的指示，把他指定的門打開後，就看到那個跟你在一起的死者了。」

梁宥時說的話，完美地和他的經歷以及夏司宇的敘述符合。

果然梁宥時是他跟徐永遠的「同類」，恐怕梁宥時的能力是類似於「傳送」，將想去的地方透過意念強行加在門上，如此便能開啟通道。

而這個能力的代價，恐怕便是梁宥時本人的記憶，所以每次見到他的時候，梁宥時的記憶都是被歸零重整過的，不記得他跟夏司宇也很正常。

沒想到他竟然會反過來被梁宥時的能力所拯救，雖說本人並沒有意識到，但這份特殊能力確實很珍貴。

「那、那個……請問，我是不是說了什麼奇怪的話？」梁宥時見杜軒久久沒有開口，突然感到很緊張，他很擔心杜軒把自己當成怪人，又趕緊解釋：「我剛才說的話都是真的！雖、雖然聽起來很不可思議，但是……我、我沒有說謊。」

杜軒見他拚命解釋，就怕被人當成瘋子看待，便苦笑道：「沒事，我並不認為你在說謊，而且我也遇過跟你同樣的情況。」

「欸？你也見到了跟自己長得一模一樣的人？」

杜軒點點頭，「雖然對方說不會再見面了。」

「……是因為力量用盡的關係？」

「果然是一樣的啊。」

梁宥時接下去說的那句話，讓杜軒更加確定梁宥時是同類。

他起身把梁宥時重新壓回床上，柔聲說：「你再休息一下，不用擔心，我們都在這裡，不會有危險的。」

「哈、哈哈……」梁宥時沒有拒絕，倒不如說他像是感到安心的樣子。

他閉上眼，沒花幾秒鐘便沉沉睡去。

杜軒看著梁宥時臉上的黑眼圈，皺緊眉頭。

梁宥時的臉色比跟他們分開前還要蒼白、難受，看樣子他一個人待在房子裡的這段時間，並沒有睡得很好。

也對，一個人待在這種鬼地方，絕對不可能睡上好覺，因為只要睡著，自己就很有可能會遭遇凶險。

這就是獨自一人在絕境中生活的壞處，若他沒有夏司宇在身邊陪著的話，恐怕情況也不會比梁宥時好到哪裡去。

讓梁宥時重新進入夢境中之後，杜軒離開房間，而徐永遠早就已經站在走廊等他出來。

杜軒抬起頭和他相望，他知道徐永遠肯定有聽見他跟梁宥時在房間裡的對話。

「他的特殊能力似乎覺醒了。」

「你怎麼知道？」

「記憶重置——這不就是覺醒後才有可能產生的副作用嗎？跟我的聽取心聲能力下滑一樣。」

杜軒當然也有猜想是這種可能性，只不過在聽到徐永遠說的話之後，他就算想否認也沒辦法。

他大嘆一聲道：「那麼他應該也會有其他附加能力才對，就像你能短時間內控制怪物思想，把牠們當玩具操控一樣。」

「我想大概是運氣。」徐永遠聳肩道：「畢竟他不管到哪裡都能遇見你，這已經不能算是巧合，完全就是好運，要不然哪有可能去哪裡都能見到他？」

之前杜軒已經有稍微跟徐永遠提過他跟梁宥時的事，所以徐永遠知道他已經跟梁宥時「巧遇」三次，如果真要說兩人的相遇是命中注定或是巧合，真的太過牽強，因為這怎麼看都像是受到某種力量牽引。

杜軒有種被強行和梁宥時綁定的錯覺，坦白講，他不是很喜歡。

「我們這次能順利脫險是多虧了他，如果能擅用他的特殊能力，我們就會有能夠率先行動的優勢，不必再擔心被那個人轉移來轉移去的。」

這點，徐永遠也贊同。

他摸著下巴說：「確實，他的能力比你的強很多，也比較實用。」

「不好意思，我那點能力派不上什麼用場。」

「沒關係，只不過就是沒辦法預測那傢伙的下一步而已嘛！」

徐永遠雖然笑著在說這句話，但聽起來卻充滿酸味。

杜軒很不爽地朝他咂舌，直接從他身邊繞過去，往樓梯方向走。

才剛回到一樓，他就撞見碰巧路過的夏司宇。

夏司宇看著他，然後再抬起頭盯著二樓方向，用他那可怕的直覺問道：「那小子又對你說了什麼欠揍的話？」

「有時我真覺得你這種地方有點可怕。」杜軒苦笑地拉住夏司宇的手，迴避他的問題，帶他回到一樓客廳，「別管了，我有話要跟你說，過來。」

夏司宇沒有拒絕，就這樣讓身材比他瘦小的杜軒拉著走。

若不是他心甘情願，光憑杜軒的力氣絕對不可能輕鬆牽著他到處跑。

「就我們兩個人私下聊？」

「對，就我們。」

夏司宇心滿意足地勾起嘴角。

果然，杜軒沒有他不行。

第一夜

夜遊

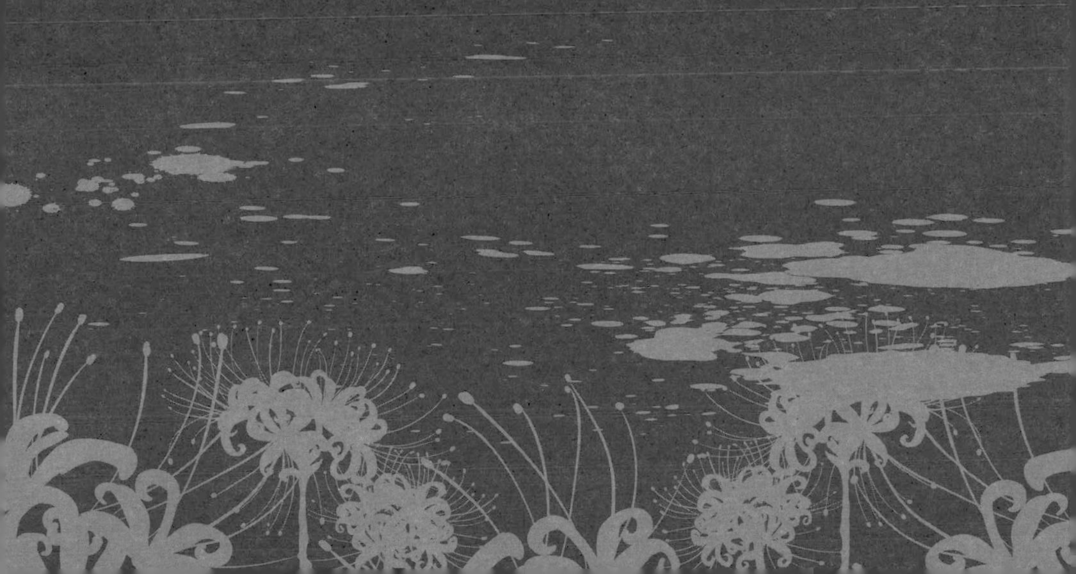

要不是夏司宇利用吸取靈魂的道具將他跟徐永遠收進去裡面，他跟徐永遠早就已經命喪黃泉，根本不可能平安無事回到這棟房子裡。

杜軒心裡很清楚，自己又欠了夏司宇一條命，明明他欠他的東西恐怕已經多到還不清，夏司宇也很了解自己的情況，但他卻完全不知道有關夏司宇的任何事。

再次從鬼門關前走一遭回來後，杜軒莫名產生奇怪的懷疑念頭。

因為夏司宇真的對他太好了，好到讓他懷疑自己是不是有做過什麼事情，才讓夏司宇幫助他那麼多次。

可能是因為之前發生的事情太多太複雜，讓他腦袋根本沒時間停下來思考這些事情，而在順利逃離渡假村之後，才終於因為恢復安全而開始有時間回頭省思。

第一次聽到別人喊夏司宇「鬣狗」，還有他在遇到任達的時候，那陌生到像是不同人的態度，漸漸地讓懷疑轉變為好奇，在杜軒心中慢慢擴散開來。

對他們來說，現在是不可多得的喘息機會，而在梁宥時恢復前，他還有時間能夠和夏司宇單獨談談。

等梁宥時恢復後，他們就得轉移到其他地方，那時恐怕就會更沒有時間和夏司宇聊這些事情，也很難再有獨處機會，而且，他也不想被其他人聽見他跟夏司宇私下談話的內容。

一想到這，杜軒突然停下腳步，剛踏進客廳的他轉頭對夏司宇說：「不行……這裡不安全，我們到外面去。」

「外面？」夏司宇一聽到他這麼說，立刻變臉，「不行，我們已經有段時間沒回來，不確定外面的情況是怎麼樣，現在出去的話會有危險。」

「但是待在這裡的話，我就沒辦法安心跟你談事情。」杜軒指著天花板說：「徐永遠那傢伙很有可能會偷聽我們說話，我才不想被那傢伙監視。」

夏司宇不太懂杜軒為什麼想要刻意迴避其他人，可是他想滿足他的願望，而且他也正巧想和杜軒私下聊聊同行人數變得太多這件事。

於是他走到桌子旁邊，隨手拿起手槍和子彈後，轉頭對他說：「最多三十分鐘，不許討價還價。」

「知道了。」

杜軒點點頭，接著便跟在夏司宇身後離開房子。

徐永遠當然有發現兩人離開，但他沒有追過去偷聽的興趣，而且比起那兩個人，他反而對梁宥時這邊比較有興趣。

此時的戴仁佑，則是像完全被排除在外的路人甲，悠哉地躺在一樓的房間裡呼呼大睡，根本不想管其他人的事，也懶得去理會那些複雜的想法。

夏司宇和杜軒離開房子後，很快就發現路邊有台機車。

它孤伶伶地停在那，似乎沒有人使用，鑰匙還插在上面。

夏司宇很自然就騎上這台機車，將掛在後照鏡上的唯一一頂安全帽遞給杜軒。

杜軒先是狐疑地歪頭，稍做思考後才戴好安全帽，跨上後座。

這台機車也是檔車，車型也跟他們之前在路邊發現的很像，這個世界好端端地怎麼會突然開始增加交通工具的數量？明明以前他們從來沒在路邊見到機車或是汽車之類的東西。

「機車確實在『內部』不常見到，但並不是沒有。」夏司宇似乎看出杜軒在好奇什麼，便對他說：「好用的東西理所當然會被人撿光，所以之前才會沒什麼機會看到。」

「那現在呢？」杜軒反問：「短時間內撿到兩次車，頻率是不是有點高？」

「所以才需要留意。」

夏司宇用平穩的口氣，說出令杜軒冒冷汗的事實。

看樣子夏司宇認為的危險大概跟這些機車有關係，雖然他不太懂是為什麼，但既然是夏司宇說的，那就準沒錯。

想到這，杜軒不由得自嘲，原來他對夏司宇的信任已經到這種地步——

他還以為是夏司宇離不開他，但現在看來，離不開對方的人應該是他才對。

「別分心，抓緊我。」

夏司宇拉住杜軒的手放在自己的腰上之後，便發動引擎，快速騎上馬路。

車速雖然快，但是很穩，夏司宇像是很熟附近的路線似的，騎十多分鐘後就來到一處大橋旁。

夜晚的大橋被燈光點綴，美麗的模樣映照在海面上，閃閃發光，非常美麗誘人，而這座建在大海上的橋連接著海中央的一座島嶼，島嶼很大，燈火閃耀，看起來很熱鬧的樣子。

和他們這邊的漆黑不同，島嶼看起來有種比待在這裡更安全的感覺。

杜軒完全沒見過那座島，更不知道還有這種地方存在，明明他們在迷霧的小鎮從來就沒有看見大海……

杜軒慢半拍回過神，終於意識到一個被他遺忘的重點。

打從走出大門的時候開始，他就沒見到迷霧的存在，視線變得很清楚，雖說天空還是伸手不見五指的黑暗，卻很乾淨，乾淨到像是沒有被任何東西汙染過。

仔細想想，周邊的房子和馬路似乎都和之前稍微有點不同，他印象中，充滿迷霧的小鎮很像是歐美國家的住宅區，獨棟房子很多，路寬、幾乎沒有高樓層的房子，然而這裡卻明顯和自己的記憶有很大的出入。

房子縮水很多，彼此間的距離也變近，更重要的是一直都是平面的道路變得有很多上坡段，而且還是在靠海位置，騎十多分鐘的車就能感受到海風。

種種跡象都讓人無法迴避一個事實——這裡並不是他們之前待的那個小鎮。

「……看來這裡並不是我們之前待的那個地方。」

夏司宇開口說話，打斷了兩人之間的沉默氣氛，杜軒也是這時才發現車已經停下來，而夏司宇則是緊盯著對面那座島嶼，看起來似乎也對這一切充滿疑問。

杜軒靠在他的背上，輕輕嘆口氣，「看來梁宥時在把我們救出來之前，已經先行轉移到這個新地點，可是這樣有點奇怪，因為那棟房子確實是我們之前把他留在那裡的那棟，難道說房子連同梁宥時一起過來了？有這種可能嗎？」

「當然不可能，這種事我也是第一次遇到。但可以確定的是，讓他轉移到這裡來的並不是黑影人。」

「那麼就是他自己了。」

夏司宇聽到杜軒這麼說，眉頭緊蹙。

「什麼意思？」

杜軒原本就打算把梁宥時的事情告訴夏司宇，於是便把自己剛才跟梁宥時的對話，老老實實地說給夏司宇聽。

聽完後的夏司宇，並沒有如他想像中那樣臉色變糟，反而低頭思考了好幾分鐘的時間，把他晾在一旁，完全沒有搭理。

幾分鐘後，他才終於開口。

「坦白說，我到現在還不太能消化這件事情。不過若那個傢伙真的有『轉移』能力，也不可能轉移一棟房子吧？」

「我猜想他的狀況可能跟我一樣，應該是遇到其他沒有肉體的『碎片』了。」

「你也遇過？」

「哈、哈哈……算是吧。」

杜軒自己說完後才想起來，他並沒有告訴夏司宇他垂死時所發生的事情，只好尷尬苦笑。萬幸的是，夏司宇沒有繼續追問下去，現在的他似乎更在意梁宥時的能力。

「聽起來真的有點過於虛幻。」

「我們困在這個地方本身就是件很神奇的事，所以就算聽起來很扯也很有說服力。」

杜軒笑著去解釋這件事，待在這裡越久，感覺自己越來越難用正常的角度去思考或是判斷了，這樣下去當他回到肉體之後，會不會反而沒辦法習慣原本的生活？

這個想法剛浮現出來，就被杜軒自己甩頭打斷。

他到底在想什麼？再怎麼說他也不至於分不清楚正常和不正常的狀況才對。

「總之，這樣也算是好事，至少這裡的氣氛比之前那個地方要來得好，而且我們留在那棟房子裡的資源也還在，不用再去另外找。」

「這點我倒是同意。」

他們的武器大多都留在渡假村，而且在那種危急的情況下，根本沒有餘裕去保留武器或資源，光是能活下來就已經很不容易了。

再者，這個地方也不像是能找到武器庫，能不能好好補充裝備也是個大問題。

不過比起武器庫，有件事更讓夏司宇在意。

「從剛才開始就感受不到人的氣息，感覺有點不太正常。」

他扭頭看向四周，雖說現在是夜晚，人煙稀少沒什麼毛病，不過——與其說是「沒什麼人」，倒不如說像是「原本就沒有人存在」的感覺。

夏司宇的直覺從來沒有出錯過，但這回，他真的很希望是自己想太多。

杜軒歪頭問：「意思是這裡只有我們幾個？」

「沒辦法保證，但目前看起來是這樣沒錯。」

「那不是挺不錯的嗎？這樣就不用擔心會突然出現怪物，或是被其他死者……唔！」

杜軒開心不已，完全無視臉色凝重的夏司宇，甚至開始愉快地吹起口哨，但興奮過頭的他，很快就被夏司宇摀住嘴唇，不讓他繼續說下去。

「冷靜點，你太吵了。」

看見杜軒點頭回應後，夏司宇才鬆開手。

杜軒摸摸被他摀紅的嘴唇，感覺還有點麻麻的。

「知道了啦……話說回來，你知道這裡是什麼地方嗎？」

「應該還是在『內部』。」

「應該？難道說你不是很確定？」

「這個世界有很多空間，我並沒有每個都去過，不過這裡跟我以前傳送到的地方完全不同……有種奇妙的感覺。」

夏司宇邊說邊摸著下巴認真思考，不知道是不是因為之前被連續轉移的關係，對這種事情變得很敏感。

越安全的地方反而越危險，或許他們不該在這個地方逗留太久。

「你之前說有事情要和我談，能稍微往後延一點時間嗎？」

杜軒聳肩回答：「當然可以，你是想要去附近繞繞對吧。」

他早想到夏司宇想做什麼了，而且既然發現這裡並非他們所知道的地方，理所當然要先以人身安全以及蒐集情報為優先。

相較之下，他要聊的事情也不是那麼緊急，是可以延後的。

夏司宇聽到杜軒直接說出自己的想法，勾起嘴角，拍拍他的安全帽。

「抓穩了。」

杜軒沒想到夏司宇能這麼自然而然地對他露出笑容，有些錯愕，還沒來得及回神，夏司宇就已經發動引擎，重新帶著他上路。

兩人沿著海岸線一路往前騎，老實說這麼暗，加上每棟房子看起來都很相似，小路也多，所以沒過多久杜軒就已經完全失去方向感。

很快他就放棄去記這裡的路，把這個麻煩的工作全部丟給夏司宇，而夏司宇也沒讓他失望，沒過多久他就帶著他騎回最初看到的那座大橋附近。

夏司宇把車架好，讓杜軒把它當成椅子坐，自己則是靠著車身站。

兩人面向漆黑大海，心思也和這片大海一樣，深不見底。

「感覺……有點棘手？」

「嗯，回去得跟其他人好好討論一下。」

「真煩，我還以為終於能夠喘口氣。」

他們並沒有逛完，因為這個地方比想像中還要大很多，不過可以確定的是，臨海部分都是同樣的住宅區，而且不管到哪裡都沒有其他人的氣息。

不只是死者還是活人，都沒有。

話雖如此，他們也不是說完全沒有任何線索。

他們有找到一處比較高斜坡的位置，從那個角度可以看見遠方的天空，那裡明顯有著暴風之類的異常氣候，因為他們可以看見閃爍的雷光。

除此之外，還有一條像是剛整修過的公路，兩旁還有夕陽色路燈，一路延伸到遠處，但是這條濱海公路卻只有靠海的位置才有路燈，住宅區內的小路沒有。

總歸來說，他們非常肯定這裡並不是之前那個地方。

「回去問問梁宥時，至少得確定他把我們轉移到什麼地方。」

「我覺得他應該不知道，現在就先別想這裡是哪，思考接下來該怎麼辦比較實際。」

既然是透過梁宥時的力量轉移過來的，就表示黑影人有很大的機率「暫時」找不到他們，要不然對方不可能會在連續出手後，突然對他們置之不理，還讓他們有這麼久的喘息時間。

梁宥時昏迷的六個小時，他們一直都待在屋子裡沒有離開，並不是因為感到安全或是沒有勇氣踏出去，而是需要短暫的休息。

之前不管待在哪都還是得繃緊神經，好不容易來到熟悉的地方，當緊張的心情放鬆下來的瞬間，剩下的就只有大量的疲勞感。

原本夏司宇和戴仁佑打算去外面查看情況，可是一方面他擔心分開後身為活人的杜軒會受到襲擊，再加上夏司宇並不放心把他交給徐永遠照顧，所以才一直沒有離開。

怎麼樣也沒想到，結果會是這樣。

夏司宇搔搔頭，「你說得也對，那，我們回去吧。」

「欸！這麼快？」杜軒立刻垮下臉來，心不甘情不願地說：「我還沒吹夠海風耶！」

「你再這樣吹下去會感冒的。」

「我現在是靈魂狀態，才不會生病。」

「別找藉口，我出門前不是說過？最多三十分鐘。」

「但是我們大部分都是在騎車，停下來的時間根本沒多久。」

「……頂多再五分鐘。」

「十五分鐘。」

「杜軒，你不要——」

夏司宇原本不打算退讓，但看到杜軒舒服吹著海風的側臉後，還是忍不住心軟。

「那就順便聊聊吧。」

「嗯，我正有這個打算。」

說服夏司宇的成就感令杜軒心情相當愉悅，完全不知道身旁的人內心有多麼糾結，心思全被這難得見到的美景吸引。

自從來到這裡後，他就一直過著沒有喘息的日子，無法放鬆好好休息，總是擔心不知道什麼時候會被轉移，也不知道什麼時候會碰上危險。

仔細想想，他好像都在逃命跟想辦法回去，根本沒有考慮過放鬆或是休息這些事情，即便有好好補充睡眠，卻還是覺得疲憊。

「你一直待在這裡都不會覺得累嗎？」

「……難道你覺得死人會感到疲勞？」

「呃，別這樣說嘛。」杜軒苦笑，他不喜歡夏司宇老把自己當成死人，這會讓他有種被夏司宇刻意保持距離的錯覺。

現在他們都是靈魂狀態，只不過他有肉體，夏司宇沒有，就這麼簡單而已。

一起行動這麼久了，他不希望夏司宇跟他之間仍有隔閡。

「現在事情變得越來越莫名其妙，感覺是我拖累了你。」

夏司宇雙手環胸，瞥向他的眼神雖然冷冰冰的，但卻帶有一絲保護慾。

「你根本不需要擔心我，反正我本來就閒著沒事做。」

「哈哈！這話從你嘴裡說出來還滿有趣的。」

「……我是說真的，畢竟我有的是時間。」

「難道你完全不打算去蒐集活人的靈魂嗎？不是要取得一定數量，你們才能離開？」

「犧牲他人來讓自己活下去這種事，我並不喜歡。」

「是嗎。」杜軒勾起嘴角，小聲地回應他。

夏司宇果然是個正直的男人，雖然別人很有可能也會有同樣的想法，但大多都沒有辦法堅持到底，到最後，仍會成為自私的人。

當然，也有單純喜歡殺人的傢伙在。

「所以，那個叫做任達的男人，是跟你意見相左的朋友囉？」

夏司宇震了一下身子，訝異地轉頭看向杜軒。

他怎麼樣也沒想到，杜軒居然能這麼順地把話題轉到這件事情上來，甚至還已經判斷出他跟任達之間的關係。

杜軒，真的是個充滿野性直覺的聰明男人。

「你看起來很驚訝。」杜軒露出牙齒，嘻笑道：「我的直覺是不是很準？」

「……是。」夏司宇嘆口氣，皺起眉頭，用充滿懷疑的口氣問：「你有什麼目的？是擔心我跟任達的關係會影響到你的安全狀況？」

「才沒有！你到底是怎麼想我的？我才不做過河拆橋那種不道德的事。」

「那麼你為什麼突然開始好奇我的事情？」

「呃。」杜軒摳摳臉頰，有些不好意思地別開視線，「我老是被你保護，久了當然會對你有感情，既然是朋友的話，想知道對方的事情是很正常的吧？」

夏司宇垂眸看著杜軒尷尬的表情，輕聲嘆氣。

「你不必把我跟你之間的關係看得那麼認真，而且，我們並不是那種關係。」

「什麼？為什麼要這樣說？我們都同生共死那麼多次了。」

「想跟死者當朋友的你，很不正常。」

「我很正常。」杜軒開始有點不爽，他從機車上跳下來，站到夏司宇的面前去，

「我已經把你當朋友，你沒有拒絕的權利，現在，乖乖把你跟那傢伙之間的問題跟我說清楚講明白，這樣如果下次再見到他，我就可以跟你一起嗆他。」

夏司宇聽著杜軒說出口的話，只覺得好笑。

他打死也不想讓任達再見到杜軒，而且他很確定，下次見到任達，他恐怕會顧不得保護杜軒。

想歸想，但杜軒雙眼直勾勾盯著他看的認真模樣，讓夏司宇漸漸難以承受。

壓力好大。

最終，夏司宇仍折服在那雙灼熱的視線之下。

「……我跟任達以前是同個部隊的。」

「所以不是朋友，而是同事？」

「只是剛好分配到同個小隊，一起行動罷了。」

「那你們幹嘛一見面就打起來？」

這句話讓夏司宇再次沉默，杜軒明確感受到夏司宇想逃避這個問題。

他並不想逼夏司宇，再說，以夏司宇的個性，若他真不想說的話，就算開槍打他腦袋，他也不會開口。

於是他轉而用認同的口氣說道：「如果是我的話，當然也會不爽。因為有人在我不知道的情況下隨便散播謠言……」

夏司宇一聽，再次愣住。

「你在說什麼？」

杜軒嘴角上揚，抬起頭來。

「『鬣狗』。」

只是提到這兩個字而已，夏司宇立刻就明白杜軒的意思。

他無奈扶額，「……你從哪聽說的？」

「猜的。」杜軒捂嘴偷笑，「看來是我猜中了？不過坦白講，不是很難判斷。」

「我以前在隊裡確實是叫這個，只是我沒想到死後還會聽到這個名字。」

「不死的鬣狗——聽起來就很中二。」

「中二？那是什麼意思？」

夏司宇歪頭盯著杜軒，很顯然，他是真的沒聽過這個形容詞。

杜軒沒理他，反倒是憤恨不平地替他抱怨。

「他是故意的吧？明明叫做不死的鬣狗，但卻成了死者，分明就是想酸你。」

「我是沒差啦……」夏司宇突然覺得心情很奇妙，明明是自己的事，卻有人反過來為自己打抱不平，害他有點沒辦法習慣。

他伸手撫摸杜軒的頭，老實說，他很想戳戳那因為替他生氣而鼓起的臉頰，不過這樣有點像是在逗小孩，所以才沒那麼做。

「下次見到他，我也想揍他一拳。」

「你大概還沒接近他就會先被他殺掉。」

「我、我知道啦！只是說說而已……」

杜軒當然知道自己打不贏，但是如果有機會的話，他一定會替夏司宇出口氣。

夏司宇抓住杜軒的手腕，查看他手腕上的電子錶時間後說道：「十五分鐘了。」

「該死，時間過得真快。」

「看你一臉不想回去的樣子，難道你不想早點像徐永遠那樣自由控制自己的特殊能力嗎？」

「想是想，可是人越多越不好行動，大叔就算了，我們跟徐永遠也剛認識沒多久，根本談不上信任，梁宥時的話……很奇怪，總有種被他纏上的感覺，我不喜歡。」

「如果你想，我們也可以趁這個機會甩掉他們，但我覺得現在的自己沒辦法從那傢伙手裡保護你。」

杜軒知道夏司宇指的是黑影人，看來接二連三的狀況，讓夏司宇對於保護自己這件事變得更沒信心了。

比起他，或許更該放鬆心情的人是夏司宇才對。

「我們再混一下吧？」杜軒輕扯夏司宇的長衣袖口，「我想去那座島看看，感覺滿熱鬧的，搞不好能見到其他人？這樣的話至少能夠確定這裡是哪。」

「絕對不行。要調查的話，等我把你送回去之後我再自己去就好。」

「你就不擔心我離開你的視線？萬一又出狀況怎麼辦？」

因為已經有多次的前車之鑑，所以這句話對現在的夏司宇來說，十分有說服力。

他苦惱不已地皺緊眉頭，糾結一番後才勉強答應。

「好，我們兩個去。但你不能離開車子。」

「可以，我們騎車兜風就好。」

「……說穿了你只是想趁機兜風。」

「因為這海風吹起來真的很涼爽、很舒服嘛。」

杜軒又露出笑容，看起來就像是個調皮的搗蛋鬼。

夏司宇拿他沒辦法，會這麼容易心軟、答應他的要求，是因為杜軒的笑容變多了。

於是他重新上車，發動引擎，載著杜軒騎向那座寬敞美麗的大橋。

杜軒心情很好，一邊哼著歌一邊欣賞夜景，完全就是來旅遊的。

這時的他根本沒想到，十分鐘後自己就會開始為當時的這個決定感到後悔。

這座島有一座小碼頭，但是卻沒有半艘船，因為它就位於大橋旁邊，所以杜軒在經過的時候很自然地就注意到這件事。

當時他只是覺得有點好奇，不過沒有細想太多，很快他的注意力就被小島的美景吸引。

小島大約有七成的面積都是山區，除了圍繞海岸的主要公路設有路燈之外，山路也有明亮的燈光，即便樹林面積大，伸手不見五指，但在路燈的協助下還不算太恐怖。

碼頭旁有個小鎮，屋子數量不多，卻有二十四小時營業的便利商店，周圍十分寧靜，沒有車聲也沒有雜音，和大橋另外一邊完全就像是兩個不同的世界。

杜軒來到這裡後發現，這座島是他目前見過最接近他原本生活的地方。

最最最重要的是，沒有「怪物」。

「我還以為超商會有人，空蕩蕩的好奇怪。」

杜軒和夏司宇繞島一圈後，打算在便利商店找點補給品，帶回去給其他人。主要是用品，食物的話反而是不太需要的物資，畢竟他們只會被人殺死，並不會因為飢餓而死亡。

便利商店裡燈光非常明亮，比任何地方都還要安全，而且內部裝潢很寬敞，即便夏司宇待在入口處也能清楚看到杜軒的位置。

杜軒已經很久沒用推門的方式進入便利商店，不是自動門這件事，讓他有點不太習慣，明明招牌上寫著的是有名的數字便利商店，但建築物卻不太先進，就連櫃檯用的也是很久以前的收銀機。

撇除這些不說，商品倒是還算新，他甚至看到前幾天才在廣告的最新產品。他不假思索就拿起新產品，順便補充其他用品後，把他們全都放在塑膠袋裡。

當杜軒走向門口的時候，正在把風的夏司宇這才轉過頭來。

「好了？」

「嗯，回去吧。」

杜軒邊說邊把啤酒扔給他。

夏司宇爽快接住，疑惑地盯著手中的啤酒罐。

「……你是想讓我酒駕？」

「既然吃東西不會產生飽足感，也攝取不到養分，那麼酒精也一樣。」

夏司宇愣了下，無奈嘆氣。

想和杜軒講道理的自己真的有夠愚蠢。

「既然沒用那還喝什麼？」

「喝不醉的感覺不是超棒的嗎！」

「你這人真是……」

不知道是不是因為難得能夠跟杜軒這樣自然相處，夏司宇突然發現自己越來越難控制這個男人。下次不管杜軒做什麼事，他都絕對不會再感到驚訝。

因為這傢伙比他想得還要瘋狂。

夏司宇拉開環釦，一口灌完，單手捏爛鐵罐後扔進旁邊的垃圾桶裡。

杜軒眨眨眼，他酒都還沒喝到一半，夏司宇怎麼就喝完了？他還想說能再多混幾分鐘的說。

爽快灌完後的夏司宇，眼神銳利的盯著他，害杜軒越來越難下嚥。

「你別這樣盯著我看，我會消化不良。」

「喝不完倒掉就好。」

「喂！這樣多浪費！」

杜軒才剛開口抱怨，下一秒，大橋方向突然傳出巨響，差點沒把他嚇死。

他立刻躲到夏司宇身旁，緊緊貼著不動，夏司宇也轉頭望向大橋。

便利商店的位置能夠清楚看見大橋，因此他看得很清楚——大橋正在熊熊燃燒，並飄起鐵灰色的煙霧。

接著，大橋上又發生兩次爆炸。

這次聲音聽起來離他們很近，但實際上位置只是在大橋正中間。

橋面燃燒，橋墩被炸裂成碎塊，落入大海。

龜裂的大橋，硬生生斷成兩半，對外的唯一通道，就這樣莫名其妙被人摧毀了。

夏司宇驚覺情況不對，而杜軒則是臉色鐵青。

大橋斷裂——也就表示他們被困在這座孤島，哪都去不了。

「啊哈哈，真的假的……」杜軒冷汗直冒，尷尬地小聲詢問夏司宇：「那、那個，我是不是又不小心捲入了什麼麻煩？」

夏司宇頭痛萬分地扶額，搖頭嘆氣。

杜軒惹麻煩的能力，還真不是其他人能相比的。

這傢伙的特殊能力不是預知，是惹麻煩才對！

第二夜

人工島（上）

島嶼和對岸其實距離不算太遠，但問題在於來往兩側的辦法非常有限，所以一但發生狀況，這座島就很容易被孤立。

在橋面發生爆炸後，夏司宇便載著杜軒往山區方向騎，來到島嶼最高的觀景臺。

這裡雖然很空曠，不但沒有地方能躲藏，就算有危險發生也很難閃避，可是他們需要先了解情況，只有掌握更多線索，才能做出對策。

「嗚哇，炸成那樣，根本沒辦法恢復原狀吧！」

杜軒一看見大橋的慘樣便垮下臉來，那麼寬敞的大橋斷成兩半，可不是幾個月就能修復好的，難不成他們得想辦法游回去？

雖說他不是很想回去，但離開太久的話，徐永遠肯定會來找人。

和緊張的杜軒不同，夏司宇的態度倒是顯得很輕鬆，他的雙眼不斷左右掃視，不錯過任何一個小地方，彷彿黑夜對他來說根本不足以成為影響視覺的障礙。

而他，確實「看見」了不太對勁的情況。

碼頭的位置多了幾艘船，島內的道路也很明顯有會移動的光點，雖說周圍仍然安靜到像是隨時會有鬼怪跳出來，但，可以肯定的是——這座島不只有他們兩個人。

在來之前，因為這座島的燈光比較明亮，所以看上去好像很熱鬧的樣子，但實際上這裡和對面一樣，沒有半個人在，就像是空有熱鬧氣氛的鬼城。

然而現在情況很明顯有所改變，他甚至能夠感覺到不尋常的氣氛。

這種氣氛對夏司宇來說，並不陌生。

「跟我來。」

夏司宇抓住杜軒的手腕，急匆匆地把人拉往機車的方向。

杜軒一開始還沒反應過來，但在抬頭看到夏司宇緊繃的神情後，選擇把話吞回去，結果沒過幾秒，夏司宇突然停下腳步，像是發現什麼事情，急忙把杜軒拉到旁邊去，躲在唯一一個遮蔽物後面。

「怎麼——唔！」

杜軒才剛開口，就被夏司宇的手摀住。

才想抱怨，他就聽見馬路方向傳來引擎聲，立刻乖乖安靜下來，不敢亂動。

引擎聲聽起來很沉重，並不是機車，而是汽車。

車子飆過去，感覺上只是路過而已，並沒有要停下來的意思，這也讓他鬆了一大口氣。

等車隊離開後，夏司宇這才鬆手放開杜軒。

「看樣子似乎沒注意到我們的機車，趁這個機會先……你怎麼了？」

杜軒蹲在地上，苦笑著抬起頭看著夏司宇，尷尬地摳摳臉頰。

他實在不想承認，自己因為太緊張而腿軟站不起來的事實，但他那點小心思，夏司宇怎麼可能看不出來，輕而易舉就被戳破。

「……腿軟？」

「你別說出來，這樣很丟臉欸。」

又不是第一次遇到危險，杜軒怎麼樣也沒想到自己竟然會因為這種事而虛脫，明明比這更危險、更緊張的事情都經歷過不少次，這樣不是顯得他很遜嗎？

夏司宇雖然能看出杜軒的狀況，但並不清楚他心裡那些糾結的心思。

他直接把人拉起來，用手臂環住他的屁股，就這樣把人扛起來。

「哇！」

杜軒嚇了一大跳，因為雙腳離地而顯得有些慌張，只能下意識地將胸口緊貼在他的臉上，直接把夏司宇的臉全部遮住。

他慌張的舉動，反而讓兩人的姿勢變得更加好笑，而且還讓夏司宇震了下身體，動彈不得。

當杜軒發現自己差點用胸部把人悶死，才趕緊往後退開，但又差點因為退太多而整個人往後翻倒。

這回，夏司宇在他做出更搞笑的行為前，先一步護住他的背，讓他能好好穩住身體，重新貼著他。

夏司宇嘆口氣後對他說：「你不要這麼緊張。」

「我、我也不想，還不都是因為你突然……」

「要是你沒腿軟，我也不會把你抱起來。」

「這種時候我就好討厭我們之間的體型差異，同樣是男人，我卻這麼簡單就被你抱起來，真的超級丟臉。」

夏司宇上下打量他幾秒後，挪開視線。

「你這樣很好，不用特別在意。」

「連點肌肉都沒有叫好？」

「確定要現在跟我討論身材問題？」

「呃、抱歉……」

杜軒回過神，急忙遮住嘴巴。

現在確實不是時候，不過也因為這一抱，徹底讓他忘記剛才那種的強烈壓迫感，心情也變得稍微輕鬆些。

夏司宇把杜軒放在機車後座，確認他坐穩後才發動引擎。

杜軒原本以為夏司宇要往反方向騎，沒想到他居然選擇跟在剛才離開的車隊後面，這個結果讓他有些緊張。

他們才兩個人，武器就只有夏司宇帶著的一把手槍，也沒多少子彈，在這種情況下主動跟隨在危險人物後面是不是有些魯莽？

想歸想，杜軒並沒有開口詢問夏司宇為什麼要這麼做，畢竟他在這方面是菜鳥，而經歷過戰場又熟悉這個空間的夏司宇，經驗肯定比他豐富。

他就這樣安靜地坐在後座，直到夏司宇再次停車為止。

「下來吧。」

夏司宇把車停在很隱蔽的地方後，就讓杜軒下車。

雙腿已經恢復力氣的杜軒自己走下來，現在他已經不太清楚他們的位置，不過可以確定的是，他們還在山裡。

「我們來這裡幹嘛？」

「噓。」

夏司宇沒有回答，而是單手壓住他的頭頂，示意他閉嘴。

杜軒扁著嘴巴，沒有再繼續開口說話，壓低身軀跟著夏司宇在暗處移動，來到一處平坦的空地。

這裡很像是露營區，中央有個用樹幹堆疊而成的巨大營火，旁邊則是有幾間臨時建造的鐵皮屋。

令他意外的是，這裡有不少人。

空地靠近馬路那側有好幾輛汽車停靠，有轎車也有裝載貨物的卡車，至於人的話，雖然沒有辦法確定準確的人數，但少說也有二、三十人，而且每個人都隨身攜帶武器，簡直就像是個小型軍隊。

他們的穿著很輕鬆休閒，不是T恤和運動褲就是連帽衣搭牛仔褲，非常有規律地安排人手在旁邊巡視，確認安全。

夏司宇找的躲藏點還算不錯，能夠看清楚對方的情況，同時還在巡視範圍之外，真的是軍人才有的專業判斷能力。

杜軒看著這些人，越來越不安，下意識輕扯夏司宇的外套。

夏司宇感覺到之後，轉過頭來看著他，發現杜軒的嘴唇有些死白，甚至在顫抖。

這並不奇怪，就算杜軒確實見過許多危險情況，但這種場面對他來說相當陌生，會害怕情有可原。

若杜軒面對這些人還能神色自若的話，他反而會開始懷疑杜軒的身分。

「那些傢伙都是職業級的。」夏司宇輕輕抓住杜軒扯他外套的那隻手，並握住，「我見過裡面的幾個人，他們是死者組成的軍人團體。」

不知道是不是因為被夏司宇握住手的關係，杜軒稍微感到安心些，但是並沒有停止害怕。

他冷汗直冒，抖著喉嚨問：「你說你見過……從這個角度你就能看見那些人的模樣？」

「我的視力很好，而且我已經習慣在視線昏暗的地方移動了。」

「行吧，我就當你視力有四點零。」杜軒放棄掙扎，果然夏司宇跟那些變態就是同個等級的怪物，實力超出常人。「你說那些是軍人，是跟之前那個叫蘇亞的男人一樣？」

「對，不過感覺有些奇怪。」夏司宇摸著下巴，像是在喃喃自語，「我沒見過這個數量的軍人集團，而且裡面有幾個人……以前是不同團體的。」

夏司宇有些擔心，因為現在看起來像是多個軍人團體聚集起來似的，而且他們的敵人，肯定不是什麼簡單的對手。

果然這座島隱藏著某種祕密，以他的了解，這些軍人各個自視甚高，不可能像這樣合作，也就是說——他們想要得到的東西，或是要面對的敵人，是有讓他們選擇和其他人聯手的價值。

這種事他從未聽說過，當然也是第一次遇見。

「喂，你在想什麼，想得這麼出神？」

「……沒事，你待會絕對不可以離開我身邊。」

「廢話，我不可能離開你半步的好嗎。」

眼前有太多不確定因素，自己心裡又害怕得要死，杜軒早就下定決心不會離開夏司宇，可以的話他想直接黏在這個人身上，好確保自己的安全。

當然，事實上他並不能這麼做。

「如果能先知道這些傢伙想幹什麼就好了，那座橋該不會就是他們炸掉的吧？」

「應該是。」

杜軒突然很想罵髒話，但夏司宇倒是覺得這是個機會。

「他們人數這麼多，不可能全搭車上來這裡，而且我剛才發現碼頭那邊有船停靠。」

「這麼說的話，他們是先把車開過來並在這裡安置好據點，然後再把橋炸掉，剩下的人搭船上岸後再開車去把他們接過來。」

杜軒的反應很快，而且害怕歸害怕，他的腦袋還不至於被恐懼影響思考。

夏司宇勾起嘴角看著他，這讓杜軒有點不好意思。

「幹嘛那樣盯著我看？」

「我很慶幸你不是個笨蛋。」

「哈！別小看我了。」

「就像你說的，不過這樣的話就表示這些人的目的有兩種可能性——」

「要不是他們想獨占島上的東西，所以把橋炸掉好確保其他人不會拿到；要不就是他們為了躲避什麼而選擇困在島上打陣地戰。對吧？」

「嗯，不論是哪種，都對我們不利。」

「是啊……這樣看來我們完全就是被捲進來的路人。」杜軒沉重地嘆氣，「對不起，我該聽你的話早點回去的，不該浪費時間來這裡混。」

見杜軒沮喪地垂下頭，夏司宇也只是摸摸他的頭安撫道：「沒關係。」

他並沒有覺得被杜軒拖下水的感覺，倒不如說他原本也是想多跟杜軒獨處，才會同意他的任性決定。

只不過，這之後的發展真的太過出乎人意料之外。

雖然夏司宇想取得更多的情報好做出判斷，但他覺得得在被捲進去之前，盡快遠離這座島才行。

無論這些人的目的是兩種可能性的哪一種，都與他們無關，他只想讓杜軒平平安安的就好。

「我們下山，去碼頭。」

「要去搶船？」

「嗯，總覺得得盡快離開這個地方。」

杜軒用力點頭，十分同意夏司宇的決定，不知道為什麼老是有種不祥的預感，讓他連一秒都不想繼續待下去。

很不幸的，事情總是無法按照他們的想法進行。

兩人躲藏的位置旁邊，傳來腳步聲，以及有人交談的聲音。

夏司宇敏感地壓低身體，順帶伸手護住杜軒。

擔心會被發現，杜軒甚至連呼吸都變得小心翼翼，不過因為有夏司宇在身邊的關係，心情上並不是很緊張。

「天曉得那種情報是真的還是假的，老大就不怕到時候把我們所有人的命都賠上了嗎？」

「胡說什麼鬼呢你！難道你不相信老大？」

旁邊的人用槍托狠狠敲打充滿擔憂神情的男人，嘴裡不斷抱怨，替自己的老大出口氣，聽起來似乎真的很相信對方。

「老大說了那些傢伙在這裡，為了確保他們不再逃跑，不是還把橋炸掉嗎？」

被槍托打的男人，摸著紅腫的地方碎碎念：「可是這樣我們不也被困在這座島？老大難道就不擔心是那些傢伙設的陷阱？」

「他們才幾個人而已，不可能有時間反咬我們，你只要乖乖聽老大的命令做事就好，別想那些有的沒的。」對方伸出食指用力戳男人的太陽穴，很不客氣地說：「你給我聽好，要是你再像個沒用的牆頭草搖擺不定，信不信我現在就把你綑起來扔進大海？」

「知、知道了，我不會再抱怨……大哥你別跟老大打小報告……」

「這就得看你之後的表現，先去給我拿瓶酒來。」

「酒？可是老大不是說最近這段時間禁止大家喝酒……」

「被發現的話，你就幫我揹這個黑鍋不就好了？哈！犯錯的懲罰不過就是被揍幾拳、幾天不給飯吃而已，總比沉入大海好，你說是吧？」

「……哥你還真狠心。」

「走，喝酒去！」

這兩個人完全沒有注意到躲在附近的夏司宇和杜軒，因為他們的心思放在其他「更重要」的事情上面，就這樣一邊打嘴砲一邊走遠。

多虧這兩個多嘴的男人，倒是讓他們確定了這群人出現在這裡的原因。

他的預感是正確的，這裡很危險。

杜軒扭頭問夏司宇：「你聽見他們剛才說的了嗎？」

夏司宇嘆了口氣，「聽到了。」

「他們要是開始獵殺其他人的話，也會找到我們的吧。」

夏司宇還以為他要說什麼，沒想到他擔心的居然是這種小問題。

他一點都不擔心，因為他絕對不會讓杜軒出現在這些人的視線範圍內。

「你難道不好奇這些死者想要找的是什麼東西嗎？」

「……什麼？」

夏司宇愣了一下，朝杜軒投以困惑的眼神。

這個人的腦袋瓜裡又在想什麼奇怪的事？從剛才開始，他的發言就好像是希望能夠繼續探究這群人的目的似的。

他所認識的那個杜軒，可不會為了這種事而讓自己陷入危險之中。

「你想做什麼。」

夏司宇的口氣不太好，說出口的話並不是質疑，而是種警告。

杜軒有點被他的態度嚇到，不過夏司宇的反應跟他想的其實沒有差太多。

坦白說，他也不想要這麼做，但他有點在意那些死者拚命想要拿到的東西是什麼。

按照常理，對死者來說最重要的東西就是「活人的靈魂數量」，因為這是他們能夠離開這個鬼地方、不用再繼續聽從命令殺人的關鍵鑰匙，但如果有比那更重要的東西存在的話，是不是也能對夏司宇有所幫助？

夏司宇從不在意自己的事，也沒想過要離開，更不打算去獵殺活人，夏司宇的想法和決心，很明顯和其他死者不同，而這也是他能夠對夏司宇產生信任的最主要理由。

從認識他的那天開始，夏司宇的世界彷彿一直繞著他轉，所有事情都以他為主，把自己放在他之後——明明兩個人的交情根本不值得讓他做到這個地步。

因為夏司宇對他的好，讓他開始覺得即使被困在這個地獄裡面也沒關係，但他不希望總是被夏司宇幫助，他也想要幫忙夏司宇，只是，他能做到的事情非常有限。

所以，他對那兩個路過的死者所說的話，產生了非常濃厚的興趣。

「別想些危險的事。」

夏司宇皺眉盯著杜軒，因為他久久沒有開口回答而感到煩躁。

杜軒搔搔臉頰，「我想幫你，除此之外沒有其他想法。」

「不需要，我就算沒有那些東西也能過得很好。」

「看那些人這麼重視的樣子，我覺得肯定會對你有很大的幫助。」

「我不需要任何幫助。」

「萬一是能夠讓你不再成為死者的道具怎麼辦？」

「你覺得這種事可能嗎？」

「好吧，我承認自己有點異想天開。」

夏司宇見杜軒根本沒有要改變想法的樣子，感到頭痛萬分。想說服這個石頭腦袋還真困難。

「哈……如果我是那些傢伙的話，肯定不會讓自己困在這裡，剛才的爆炸除了是要把退路炸掉之外，同時也是在告訴被追逐的目標，他們已經來了的事。」

「所以？」

杜軒興致勃勃地盯著夏司宇看，聽到他說這些話的時候，他就已經知道夏司宇打算「介入」了，這個男人果然心腸軟，很好說話。

夏司宇眨眨眼，面對目光閃爍的杜軒，差點沒氣到吐血。

他知道自己落入這傢伙的陷阱，但他就是沒辦法拒絕。

「如果是我的話，我會選擇搶船，不過對方也明白他們可能會打這個算盤，所以船隻那邊肯定就是個陷阱。」

「那你剛才還說要帶我去搶船。」

「因為我想說如果雙方在船隻那邊發生爭鬥的話，我們能趁亂開走一艘。」

夏司宇雖然看起來好像沒什麼在動腦，但計畫倒是挺縝密的。

他十分清楚雙方可能有的行為，從中找出能夠鑽的漏洞，確保兩人的安全。

「可你現在不打算這樣做了對吧？」

「嗯，如果你是想要拿到這些死者想要的東西的話，得改變做法。」

杜軒露齒笑道：「感覺你想到很有趣的計畫，對吧？」

「……我記得你會用槍，打架呢？」

「不是很會。」

「好吧，會開槍就好。」夏司宇起身，並下達指令：「你待在這不要動，我待會再過來找你。」

說完，夏司宇便獨自離開。

杜軒蹲在地上乖乖等他回來，因為有些無聊加上很安靜的關係，害他一度打瞌睡，還是夏司宇拍他肩膀把他叫醒的。

「嚇、嚇我一跳……」

「你也太放鬆了吧？居然在打瞌睡？」

夏司宇手裡拿著不少東西，無可奈何地盯著嘴角掛著口水的杜軒。

之前在武器庫附近的時候也是，杜軒真的一點也不畏懼死者，這讓他有點擔心。

他把手裡的外套披在杜軒身上，將已經拉開保險的槍塞進他的手裡。

「會用嗎？」

「哈……沒想到是衝鋒槍，除了在遊戲裡之外，我還真沒見過這東西。」

「這把槍穩定性高，很好瞄準，新手也能用得很順手。」

「呃、外套好臭。」

杜軒掐著鼻子，原本是想把外套好好穿上，沒想到卻摸到奇怪的液體。

他剛開始以為是沾上髒東西，直到放在眼前才發現，那居然是紅色的鮮血。

夏司宇抓住他的手腕，用自己的袖口把杜軒手上沾到的血擦乾淨。

「你不要碰到，死者的血液可以暫時掩蓋你的身分，這樣其他死者就不容易發現你。」

死者能辨別靈魂，所以可以清楚知道誰是死者、誰是活人，如果在這座滿是死者的島嶼上被發現有活人在的話，絕對活不下來。

因為這樣，他才刻意讓這件外套沾上死者的鮮血，當然——這血是來自他搶來的死者，並不是他的。

杜軒大概知道這些東西是夏司宇偷襲其他死者搶來的，所以並沒有追問它們的來歷，只是點頭表示明白。

「待會你不可以離開我超過三步以上的距離。」

「你是打算混進去對吧。」

「對，那些傢伙應該過不久之後就要開始分頭去搜索，我們就混在裡面一起行動，這樣會比較方便。」

「知道了，我一定會緊緊貼著你。」

夏司宇摸摸杜軒的頭之後，給他幾分鐘做好心理準備，接著兩人便離開原處，混入死者聚集的營火區。

起先杜軒還有點害怕，只是臉上故做冷靜而已，因為他還是第一次像這樣走在一大群死者之中，但很快地他就發現，夏司宇說的是對的，因為根本沒有人注意到他。

他戴著黑色鴨舌帽，用魔術圍巾遮住口鼻，看起來就像個形跡可疑的小偷，夏司宇倒是沒有太過掩飾，不過他就算走在這群軍人之中，也不會顯得很突兀。

「兩個人都太過刻意隱藏的話，反而會更顯眼。」

當他詢問夏司宇理由的時候，他曾這麼說，從結果來看，夏司宇的想法是正確的。

幾分鐘後，杜軒也開始放鬆心情，身體不像剛才那樣僵硬。

營地裡的死者們都很忙碌，根本沒有人注意到他們，直到準備整隊離開，他們都融入得很好，甚至還順利分到機車。

「機動組兩人一隊，車上有配置通訊器，發現任何狀況必須在第一時間回報，剩餘的人分成巡邏以及支援組……」

為首的軍人正在仔細分配工作，杜軒和夏司宇順理成章成為了打先鋒的機動組，不過他還是覺得很奇怪，怎麼會這麼順利，直到後來他發現外套上有代表機動組的名牌，這才恍然大悟。

夏司宇是明白才去挑選偷襲對象的，而不是隨隨便便找目標。

「你還真厲害。」

坐在機車後座的杜軒，忍不住佩服地在夏司宇的後腦勺低語。

夏司宇輕笑道：「現在才知道嗎？」

「不，我早就知道你很厲害了，只是經過這件事情後，又變得更佩服你。」

「那就別老是做出讓人頭痛的要求，我也不是萬能的，總有幫不上忙的時候。」

「哈哈！這還真讓人難以想像。」

兩人帶著輕鬆愉快的心情騎著車，很難想像他們正隱藏身分，臥底在危險的死者軍隊之中。

他們跟另外兩台機車來到碼頭附近巡視，確認船隻的狀況，但他們才剛到就發現情況不太對。

碼頭太過安靜，空氣中瀰漫著不安的氣氛。

六人下車後就立刻舉起手裡的衝鋒槍，小心翼翼往船隻方向靠近，兩個人檢查船隻的時候，剩餘的人在旁邊警戒。

負責檢查的是夏司宇和另外一名死者，他們並沒有在船上找到蛛絲馬跡，而且船隻也沒有遺失，數量沒減少，只是負責巡邏的人憑空消失了。

「這裡是機動組α，船隻這邊有狀況，會先進行調查。」

『收到，機動組α。』

對講機傳來確認的回覆聲，接著夏司宇便和那名死者一同下船，回到其他人身邊，但在離開前，夏司宇眼角餘光看見有繩子掛在船邊，而那上面還沾有些許血跡。

他瞇起眼，似乎猜出發生了什麼事，可是他並沒有做出任何反應。

「分散到附近看看，有任何狀況就開槍，不用擔心打到自己人。」

負責回報的死者向其他人下達指令，接著他們便兩人一組分散開來。

夏司宇帶著杜軒與另外兩組人分開到安全距離後，就放下手裡的槍，抓住杜軒的肩膀，強行將人拉到碼頭旁的倉庫後面。

「呃！好痛！」杜軒覺得自己的手臂差點被扯下來，真的不能小看夏司宇的腕力，不知道要吃些什麼東西才能有這麼強勁的肌肉。

夏司宇並沒有道歉，而是把杜軒遮在嘴巴上的魔術頭巾拿下來。

「呼哈！你、你突然幹嘛？」

「之前留在這邊的人應該都被收拾掉了，我們得閃遠點。」

「閃遠點？什麼意——」

杜軒還沒來得及確認，就被衝鋒槍連射的聲響嚇一大跳。

因為太過突然，害他差點整個人差點跳起來，撲到夏司宇身上去。

夏司宇咂舌道：「動作比我想得還快。」

在出發前，他已經確認過負責留在港口看守船隻的人數大約有多少，由於是很重要的退路，所以這些軍人不可能留太少人力和火力在這，但是那些人都被無聲無息地殺掉了。

如果不是有足夠碾壓對方的人數，就是那些人相當擅長暗殺。

這種情況下，很顯然是後者。

雖說夏司宇本來就有預測到這裡可能會成為另外一個小戰場，只是他沒想到對方的實力遠超出他的想像，怪不得那些人明明有強大的火力，卻如此謹慎。

「我現在覺得混進來的決定是錯的。」

夏司宇小聲低語，當然，離他這麼近的杜軒聽得一清二楚。

他的心裡頓時產生不祥的預感，幾乎在同個瞬間，腦海突然閃過幾個畫面。

「唔！」腦袋刺痛的感覺，讓他下意識悶哼出聲，扶著額頭。

三秒後他回過神，繃緊神經，用力抓住夏司宇的衣領，將他整個人往地板方向扯。

夏司宇瞪大眼，腦袋還來不及思考，臉頰就先被飛過來的子彈劃過。

刺痛感讓他意識到危險，當兩個人身體壓低後，他立刻單手圈住杜軒的腰，順勢舉起他手裡的槍，單手瞄準對方開槍的方向。

對面的倉庫屋頂有人影在晃動，似乎沒有意識到在這個距離下會被發現，慌慌張張想要起身離開，但已經太遲了。

夏司宇瞇起眼，扣下板機。

人影搖搖晃晃，從屋頂摔下去，接著夏司宇就直接維持同個姿勢，拔腿帶著杜軒往外跑，快速在倉庫之間穿梭。

對方人數比他想得還多，他很快就感覺到盯上他們的視線，並將插在槍套內的手槍拔出。

拐彎後他立刻往右側開槍，早就埋伏在那的男人根本沒想到會被發現，還沒來得及反應就先被子彈貫穿腦袋，倒地不起。

接著夏司宇又以同樣的方式衝破埋伏，直到感覺不到周圍的殺氣為止，才把杜軒放在地上。

杜軒早就已經被他晃到反胃想吐，雙腿無力地癱軟倒地。

「沒事吧？」

夏司宇並沒有扶他，而是確認手槍子彈數量，並換好新彈夾。

杜軒乾嘔一陣子後，用手背擦掉嘴角的口水，臉色鐵青地抬頭。

「要死了……我還以為這次真的會掛掉。」

「你剛才能力是不是發動了？」

「對，像以前那樣很突然。」杜軒頭痛萬分地站起來，靠著牆壁說：「虧你能察覺出來，還立刻就掌握當時的情況。」

「那種距離很難察覺到危險，幸好有你幫忙。」

「該死……每次跳預知出來頭都快痛死，明明以前不會這樣。」

「看來應該是本能反應。」夏司宇歪頭道：「我之前就想說了，我覺得你並不是不能掌控預知能力，只是沒有想去控制它，要不然不會總是在危險發生前預知到那些狀況。」

「……我可感覺不出來。」

「之後再說。」夏司宇重新把杜軒的臉遮起來，拍拍他的肩膀，「能移動嗎？」

雖然還有些不舒服，但他的情況已經比剛才好很多。

於是他立刻點頭回答：「可以。」

「槍聲已經停止就表示其他四個人已經被幹掉，他們絕對不會讓我們逃走，所以接下來會很危險，絕對不能離開我身邊。」

「就算你沒說我也不會離開你半步。」杜軒握緊手裡的衝鋒槍，聲音雖然顫抖，但他卻仍努力表現鎮定，露出笑容，「我、我們走吧。」

第三夜

人工島（下）

杜軒原本以為夏司宇打算殺出去，但實際上並沒有。

他們仍躲在暗處移動，明明附近沒有任何人聲，卻讓人感到十分不安。

當他們回到機車附近的時候，發現車子還在——這很明顯就是個陷阱，所以他們並沒有輕舉妄動。

「怎麼辦？」

夏司宇垂眼盯著杜軒看了一眼後，嘆口氣，重新將視線挪回到機車身上。

「如果只有我一個人的話，還能勉強搶到車離開，但我不能丟下你。」

「那就是要跟對方對峙囉？」

「機動組每隔十分鐘就必須回報狀況，如果沒有回應的話，其他組就會知道這裡出狀況，同時也會追查過來。」

「所以我們只要在這裡等就好。」

「或是跟他們談條件。」

坦白說，夏司宇並不想要用第二種方案，但他有必須保護的人，所以在必要情況下，不得不選擇退讓。

可問題在於，對方會明白他們想要進行交易，而選擇放下武器跟他們對話嗎？

杜軒看出夏司宇心裡擔憂的問題是什麼，老實說，現在他們只剩下一個辦法，不過他很確定夏司宇絕對不會答應。

「舉白旗怎麼樣？」

「你是不是看太多戰爭片？真以為舉白旗有用？」

「不試試看怎麼知——」

杜軒原本還很輕鬆地在跟夏司宇交談，沒想到他才剛轉頭看著夏司宇，就看見有個持刀的人影出現在他身後。

他當場嚇到瞪大眼，想出聲警告夏司宇，卻發現自己沒辦法發出任何聲音。

當刀光垂直落下的瞬間，他還以為會見血，但實際上卻沒有。

夏司宇彷彿早就已經知道對方的行動，單手推開對方的手腕，順勢奪走對方手裡的短刀，就這樣直接拽住對方的手臂，往前甩出去。

對方像是動作靈活的野貓，翻身後四肢趴地，滑行一小段距離後，抬起頭。

「你為什麼會在這裡？鬣狗。」這個男人馬上認出夏司宇的身分，而且口氣並不怎麼好，充滿著威脅意味。

夏司宇將剛奪來的短刀放在手裡把玩，頭也不回地向杜軒的位置扔擲。

杜軒嚇一跳，還以為夏司宇是想攻擊他，直到他發現這把短刀很安全地從他的耳際掠過，射中從他身後逼近的男人。

直到聽見後腦勺傳來低沉的悶哼聲，杜軒這才發現有人靠近，急忙退到夏司宇的身後去。

「媽的！我的手！」

「你應該感謝我沒往你的眼睛扔過去。」

夏司宇頭也不回，根本不把對方放在眼裡，而他藐視自己的態度，反而惹火了男人。

「該死！你這條野狗——」

「說話小心點。」

「哈！你應該擔心自己的狀況才對。」

男人一說完，夏司宇的身上就多出許多紅點。

是紅外線瞄準器，看樣子是這些傢伙從剛才那些死者手裡奪來的。

杜軒生平還沒被人這樣威脅過，冷汗直冒，可是夏司宇卻很冷靜。

他持續無視男人，將視線放在剛才拿刀攻擊他的人身上。

「有名的軍團老大怎麼會變得如此狼狽，還和這種沒水準的死人混在一起？」

「什麼？」

男人聽見夏司宇說的話，脖子上爆出青筋，看樣子是真的想衝上去揍人，但夏司宇根本不在乎他的心情，繼續和另外那個狼狽的男人交談。

「我記得你不是那種會讓自己變成這副鬼樣的男人。」

「嘖，被人用槍瞄準還能如此神色自若的人，也只有你了。」男人重新站好，單手將瀏海往後撩起，「我不想在這種情況下和你見面，但很抱歉，我有必要先確認你是敵是友。」

「都不是。」

「……那你為什麼會在這裡？」

「湊巧。」

「你覺得我會信？」

「隨你，反正我說的是實話。」

夏司宇坦然的態度，讓人完全沒辦法懷疑他。

對方嘆了一大口氣，舉起手打暗號後，夏司宇和杜軒身上的紅點便全部撤掉，而手背還插著刀的男人對此相當不滿。

「蘇亞！你在搞什麼？」

「鬣狗從來不屬於任何一個團體，我們沒必要把他當敵人。」

「說那什麼鬼話！」

男人仍憤恨不平，但是當他接收到夏司宇的冷漠目光後，又怕到不敢輕舉妄動。

原本躲在夏司宇身後的杜軒，倒是在這個時候聽見了熟悉的名字，立刻把頭探出來盯著那名傷痕累累的男人看。

對方也發現杜軒的目光，和他對上眼，又把杜軒嚇得躲回去。

「身後那隻小兔子，是你的同伴？」

「嗯。」

「……是嗎。」

蘇亞並沒有過問杜軒的事，他帶著傷痕累累的身體，慢慢走向夏司宇。

「既然你是湊巧被捲進來的，那麼現在應該有很多疑問吧。」

「但是和我們沒關係不是嗎？別想把我們拉下水。」

「你現在已經不能算是完全無關的人了。」蘇亞聳肩，「追殺我們的那些傢伙很快就會殺過來，你現在只剩兩種選擇，一是留下來，二是跟我們走。」

「哈。」夏司宇皮笑肉不笑地瞪著蘇亞，因為結果已經很明確，根本用不著特地開口問他的決定。

他們必須和蘇亞走，這是為了杜軒的安全。

即便他非常不願意，現在也只剩這條路。

「你應該慶幸自己很走運。」夏司宇瞪著蘇亞的眼神，像是要把人碎屍萬段。

蘇亞看起來完全不害怕夏司宇，實際上卻相反，不但在心裡顫抖，甚至忍不住緊張到冒汗。

可是對現在的他來說，面對夏司宇遠比面對他們目前的危機來得好上千百倍。

他甚至對夏司宇出現在這裡而感到慶幸。

夏司宇沒有繼續說下去，因為蘇亞明明就知道他沒有其他選擇。

心情煩躁的夏司宇轉頭對另外那個男人說：「我勸你最好別留在這。」

「你要我走？開什麼玩笑！應該趁現在開船離開才對，為什麼——」

「剩不到幾分鐘時間那些人就會追過來，你覺得用這點時間能順利搭上船並發動引擎？」蘇亞冷眼睨視不聽勸的男人，「那麼你自己走吧，我不會阻止你的。」

說完，蘇亞便頭也不回地離開。

夏司宇看了男人一眼後，拉著杜軒的手跟在蘇亞身後。

被留下來的男人憤恨不平地咬緊下唇，臉上的表情越來越猙獰。

「該死的傢伙……」

杜軒清楚聽見這個男人的低聲咒罵，心裡冷冰冰的，總有種不祥的預感。

他忍不住回頭，卻正好和那雙凶神惡煞的怒目對上視線，嚇得他直接把頭扭回去，身體也不自覺地縮了一下。

拉住他的夏司宇，透過他的手感覺到杜軒似乎被什麼嚇到，便跟著轉頭。

當他發現那個男人正瞪著杜軒的時候，立刻皺起眉頭，用眼神威嚇回去，對方接收到比自己還要有壓迫感的威脅後，臉色鐵青，雖氣憤地握緊拳頭，卻什麼都不敢做。

「不要隨便亂看。」夏司宇低聲提醒杜軒，「你什麼都不用擔心，我不會讓任何人動你一根手指。」

「哈……謝、謝謝……」

杜軒並沒有因為夏司宇的這番話而感到輕鬆，即便他相信夏司宇，也知道他會保護自己，但他也有自己的自尊，不可能老是躲在夏司宇的背後。

果然，他得想辦法控制自己的預知能力才行，只有這樣才能幫上忙，不再讓他像個沒用的拖油瓶。

蘇亞帶著他們離開碼頭，不過沒有走很遠的距離。

碼頭旁邊有很高的堤防，堤防下方則是由水泥鋪成的窄徑，直接通往下水道。這裡的溼氣很重，味道也不是很好聞，但是在旁邊卻有一間小鐵皮屋。

鐵皮屋頂有個男人盤坐在那，他很快就發現蘇亞，朝他揮了揮手。

「老大！你回來啦！」

「那個蠢貨，都跟他說過很多次，不要這麼大聲……」

蘇亞頭痛萬分地扶額，杜軒看著也只能苦笑。

三人走進鐵皮屋後，對方便從屋頂跳下來，雙目炯炯有神地盯著杜軒和夏司宇，非常興奮。

「哇！沒想到又見面了，看樣子我們真的很有緣！」

「哈、哈哈……是孽緣吧。」

杜軒很無奈，雖然他已經大概猜到對方是誰，但還是有點沒辦法接受事實。

他很客氣地向對方寒暄，「很高興看到你平安無事，看來在那之後你們順利逃走了。」

最後一次見到這個叫做凱的男人，是那時從山洞裡逃出來，遇到徐永遠的時候。看樣子他們很順利地和蘇亞會合了。

原本以為再見到認識的人會很開心，沒想到凱卻突然沒頭沒腦地對他說：「呀，我還以為你會掛掉咧，根本沒想到會再見面。」

笑得開懷的凱，看起來完全不像是在開玩笑，而他說完這句話之後，就立刻被蘇亞用拳頭狠狠敲後腦勺。

「我跟你說過很多次，說話不要這麼欠揍。」

「好痛！老大，你完全沒收力道耶！」

「不這樣你會懂？」

「你用說的我也會懂啊，我又不是笨蛋……」

男人嘟起嘴抱怨，但是直接被蘇亞無視。

他向杜軒和夏司宇說：「抱歉，凱是個笨蛋，你們別管他。」

「老大，你這樣介紹我是不是太過分了啊！」

「不想被我扔進臭水溝就給我閉嘴。」

這句話很有效果，凱馬上就乖乖聽話，不再開口說話。

蘇亞推開鐵皮屋的門，領他們進屋內，凱則是繼續留在外面把風。

鐵皮屋裡還有四個人，其中一個就是當時和凱一起的賽門。

賽門原本臉很臭，直到看見進屋的人是杜軒和夏司宇之後，立刻笑得開懷。

「怎麼會是你們？還真巧。」

「哈哈、就是說……」

老實說杜軒真不希望有這種巧合，因為遇到這些人肯定不會有什麼好事。

他的目光很快掃過另外三個人的表情，發現其他人對他跟夏司宇並不是很友善。

「老大，你怎麼突然帶其他人來？」

「他們之前幫了凱跟賽門，所以是我們的客人。」

「客人嗎……老大，你之前不是還想把鬣狗挖過來？」

「那是之前，你也知道現在不是時候。」

「……所以，他們為什麼會在這？」其中一個身材矮小的男人瞇起眼，直勾勾盯著杜軒，「這傢伙是活人吧，為什麼不直接殺了他？」

這句話才剛說出口，男人就感覺到屋內氣氛突然變得低迷可怕，像是窒息般讓人難以呼吸，甚至不自覺地顫抖。

他們都是經歷過戰場，不會輕易感到恐懼的軍人，不可能因為一點點的威脅就感到恐懼——原本應該是這樣才對。

但是，當他們將視線集中在夏司宇身上的瞬間，所有人都不由自主地呼吸加快、汗流浹背，因為夏司宇黑著臉、雙目發光的模樣，就像是要把在場所有人的喉嚨全部割開似的。

屋內唯一沒有感受到威脅的，就只有站在夏司宇身後的杜軒。

他單純覺得氣氛不太對，所以有些尷尬而已。

「哈，鬣狗還真不是叫假的。」冒著冷汗的蘇亞勾起嘴角，走上前，替自己的同伴們擋住夏司宇的視線，「抱歉，我的同伴失言了。」

夏司宇冷冷睨視剛才說要殺死杜軒的矮小男人後，閉上眼。

幾秒後再次睜開時，也收起了威嚇的態度。

「我們不是來這裡跟你們聊天的，只是想知道那些死者為什麼要追殺你們。」

「……你會這樣問，是知道我們手裡有好東西是吧？」

「我只知道你們有他們想要的東西。」

「是沒錯，不過更正確地來講，是地圖。」蘇亞攤手道：「我們手裡有通往『門』的指南針，據說那是唯一能讓死者離開這個鬼地方的出口。」

夏司宇摸著下巴，不相信蘇亞說的話。

「我從來沒聽說過有那種東西。」

「我也是。」

蘇亞邊說邊向賽門示意，賽門便果斷地從口袋裡拿出一個小方盒，遞給夏司宇。

夏司宇困惑地看了他一眼後，接過來打開盒子，杜軒也從旁邊探出頭來偷看。

盒子裡確實是個指南針，但很奇怪，它上面的指針不斷晃動、旋轉，像是完全無法定位正確的方向似的。

杜軒好奇地說：「壞掉了？」

「我們也這樣覺得。」蘇亞嘆氣道：「這是之前在『靈魂風暴』裡撿到的東西，而且數量不只一個，除了我們之外，剛才在碼頭那遇到的那個男人也有。」

「什麼?這東西那麼好撿的嗎？」

杜軒很驚訝，他還以為只有一個，沒想到居然是隨處可見的東西。這樣的話，存在價值不是很低嗎?而且那些死者軍人也沒必要對蘇亞和其他人窮追不捨才對。

夏司宇把盒子蓋起來，還給賽門。

「你們看上去似乎相信這東西是真的。」

「就算只有百分之一的可能性，如果有可以離開這個鬼地方的方法，你會放棄?」蘇亞雙手環胸，嘆氣道：「再說，你我都很清楚這個鬼地方什麼事情都可能會發生，就算真有這種東西也不意外，要不然那些傢伙也不會對我們窮追不捨。」

「既然目的一樣，為什麼不一起行動就好？」

「不，那些傢伙認為這麼重要的道具，數量卻這麼多是很不正常的事，於是他們便解讀成『這之中只有一個真貨』，所以就開始二話不說搶奪其他人的。」

「剛才在碼頭邊的男人，他也是其他死者軍人團體的人吧。」

「對，埋伏在那裡的都是他的人手，所以他才會對你這麼不爽。」

「那你去幹嘛的？」

「我是想阻止他。」蘇亞聳肩，「用腳指頭想都知道，碼頭是個陷阱，只有笨蛋才會想趁機會開船離開。」

「所以你是想當好人去提醒他？」

「不，我是打算去那邊觀察，確保那些傢伙不會找到這邊來。」

「啊……」夏司宇盯著窗戶說道：「因為這裡離碼頭滿近的，要是搜查起來的話，很快就會被發現。」

接著夏司宇飛快掃視屋內的人之後，垂眼道：「說起來，你們不是有七個人？似乎少了一個。」

聽見夏司宇提起這件事，所有人的心情頓時盪到谷底，表情凝重。

而夏司宇和杜軒也立刻明白那個缺席的人，發生了什麼事。

「是被『殺』了嗎。」

開口說話的，是杜軒。

杜軒一說出口，蘇亞馬上露出驚訝的表情，其他人的臉色也變得不太好看。

「……看來你們知道有能夠殺死死者的武器存在。」

「以前遇到過。」杜軒老實回答。

夏司宇曾說過這些人很強，這麼強的人居然會被殺死，肯定發生了什麼事，而且他們現在看起來跟之前在倒塌的武器庫遇到時，氣勢完全不同，就好像信心被打擊過似的。

他偷偷看夏司宇的表情，但是卻看不出他現在心裡在想什麼。

似乎是察覺到他的目光，夏司宇一臉困惑地和他對上眼，順勢把手伸過來摸摸他的頭，就好像在哄小孩子似的。

杜軒覺得有點不好意思，但又沒辦法閃開那雙大手，因為夏司宇的撫摸對此時的他來說有很大的安全感，畢竟他現在可是待在滿是死者的屋子裡。

「你們有多少人？」夏司宇問道，從他的態度看得出，他很清楚除了蘇亞和碼頭那邊的男人之外，還有其他同樣遭遇的死者團體。

蘇亞立刻回答：「大概五組左右，都是人數不多的小團體，為了反抗那些傢伙我們只能選擇聯手……但就像你剛才看到的，合作情況不是很好。」

「無所謂，反正只需要把他們當成誘餌，分散那些傢伙的注意力。」

「哈！果然是鬣狗，專注於個人目的的態度，我喜歡。」

「那又如何？你們這些傢伙不都跟我是一樣的嗎？」

夏司宇說得很坦白直接，蘇亞也沒想過要避諱。

他們是軍人，而軍人只需要為了達成目的而行動就好，不需要參雜其他情緒。

「這麼說起來，你是想跟我們一起行動？」

「保護這傢伙的人越多越好，比起其他人，你們比較值得信任。」

夏司宇邊說邊看向其他人，在接收過夏司宇的威脅後，所有人都只能尷尬閃躲他的視線，沒人有膽否認他的決定。

「我相信這裡不會有人做出讓我不爽的事。」

「……就算有，我也不會允許的。」

不僅僅是夏司宇，就連蘇亞也跟著親口表明自己的態度。

杜軒突然覺得自己像是被兩隻猛獸保護的小白兔，心情相當複雜。

「這裡除了船之外還有其他能離開島的方法嗎？」

夏司宇提問，比起他，蘇亞手裡有的情報應該會比他還多，至於他會這麼問，是因為他知道蘇亞這群人絕對不會把沒有退路的地點當作躲藏處。

蘇亞勾起嘴角，「不愧是鬣狗，確實，這座島上還有其他出路，但我們時間不多。」

他指著窗外，「再過一兩個小時，暴風雨就會過來，到時候這光憑這座鐵皮屋可沒辦法承受得了，會被摧毀的。」

杜軒聽見蘇亞這麼說，便轉頭盯著窗外看。

啊，是他之前和夏司宇一起看到的雷光，閃電藏在雲層裡，老實說看不太出來那是暴風雨，頂多只覺得是雷雨之類的。

想到這，他不禁歪頭思索。

蘇亞他們怎麼會知道那是暴風雨？

「島上不是有其他建築物可以躲暴風雨嗎？」

「對，但你不覺得趁這個時間點逃跑是個不錯的決定？」

「……你有什麼計畫。」

「不愧是鬣狗，這麼快就反應過來。」蘇亞舉起手示意旁邊的人把地圖拿來，接著就攤在桌上，並把夏司宇招過去。

夏司宇和杜軒互看一眼後，走上前。

地圖有些破破爛爛，摸起來像是沾過水一樣，有點軟爛，但上面的線條卻滿清楚的，讓他們可以立刻明白這座島的構造。

島上只有一處平地，就是他們先前去過的便利商店那附近，其他地方則是公路和山區，以及用消波塊堆積而成的堤防，再來就是大橋連接處的碼頭。

不過，地圖顯示出來的區域，並不只有這樣。在水平面底下，還有一個區域。

「這座島是人工島，知道是什麼意思吧？」

蘇亞故意點名問杜軒，像是懷疑他的智商一樣，這讓杜軒很不爽。

「你別以為我真不敢揍你。」

「怕你不知道所以問問而已。」

「有那個時間調侃我，不如趕快把話說完。」

蘇亞搖頭嘆氣，「真是一點幽默感也沒有。」

他無視被杜軒和夏司宇怒目而視的表情，指著地圖上畫著的小區域說：「看到這塊區域了嗎？那裡是武器庫。」

「武器庫？在這種地方？」夏司宇感到意外，他從沒看過藏在地下的武器庫。

通常武器庫的建築都會很明顯地出現在平地上，不會像這樣藏在地底。

「……難道說，跟之前一樣是那種不會轉移位置的，固定存在的武器庫？」

「沒錯，我們幾個並不像那些死者一樣有足夠的武器資源，所以在偶然知道這座人工島藏有武器庫之後，就決定來看看。」蘇亞說完，將手指移向沒有停靠點的岸邊，接著說：「另外不用擔心退路問題，橋雖然斷了，但我們的人有去勘查過，斷裂的寬度不長，能直接用道具過橋，並不一定要開船。」

「剛才跟你一起去碼頭的那些傢伙不知道？」

「知道，但他們覺得開船比較快。」提起剛才那群人，蘇亞又忍不住嘆氣，「那個蠢貨根本不聽人說話，所以和他合作起來格外費力。」

「除了那個蠢貨之外的人呢？」

「他們躲在其他地方，有需要的話還是可以聯繫上的。」

「是嗎……」夏司宇皺眉，「既然你們知道這座島有武器庫，那為什麼還分散在各地？既然追殺你們的傢伙不知道那個武器庫的存在，躲在那裡避避風頭就能閃過那些人吧。」

「你說的沒錯，但問題就是我們找不到武器庫的入口。」蘇亞聳肩，看上去相當無奈，「原本的計畫就跟你說的一樣，是打算躲在那裡的，只可惜在那些傢伙追上來之前就是沒能找到它的位置。」

「地圖上不是畫得很明顯嗎？」杜軒眨眨眼，「武器庫的位置不就在房屋區那附近？離這裡不遠。」

「是沒錯，但我們沒有在那個地點找到入口。」

「難道說地圖有錯？」

「若是真的，那我們就都被這張假貨擺了一道。」

蘇亞和其他人看起來是真的很苦惱，因為他們把武器庫當作希望，現在他們武器缺乏，根本不可能打得過那些死者。

杜軒摸著下巴思索，雖然各種可能性都有，不過這也是他們目前的唯一希望。

「我和夏司宇去看看吧。」

「咦？」

「啊？」

蘇亞和夏司宇一前一後發出疑惑聲，並同時轉過頭看著杜軒。

夏司宇的臉糾結在一起，看得出來他對杜軒提出的想法非常不滿。

「你在想什麼？知道這樣有多危險嗎？」

他們雖然剛開始很順利就混入機動組，但現在碼頭那邊出狀況後，那些人搜查完肯定會認為沒有存活者，如果他們又突然出現的話，豈不是難以解釋？

但是，杜軒倒不這麼想。

「島上能夠躲藏的地方很多，他們不可能會把城鎮那附近當作主要搜查範圍，大概只會簡單繞過確認有沒有人之後就離開，剛才我們不是也聽過機動組的搜查範圍和人數嗎？只要避開那些傢伙就好。」

確實如杜軒所說，他們被分派為機動組的時候已經聽過那些死者軍人的計畫和搜查範圍，所以對他們來說這並不是太困難的問題。

只不過，夏司宇擔心的是想要跟他一起行動的杜軒。

他沒辦法把杜軒一個人留在蘇亞這，也不想讓他跟著自己去幹危險的事，陷入左右為難的他，臉色越來越難看。

「如果你是擔心我的話大可不必。」杜軒垂眼，信誓旦旦地用拳頭輕敲夏司宇的胸膛，「我再怎麼說也是個男人，別小看我。」

夏司宇瞪大眼，輕輕眨了兩下，最終還是忍不住撇開臉。

雖說對杜軒有點不好意思，但認真說出這些話的杜軒真的看起來有點逗趣。

「我們一定要在暴風雨來之前找到那裡，然後離開這座島。」

「行，都聽你的。」

夏司宇答應後，杜軒便興致勃勃地轉過頭對蘇亞說：「你們待在這等我們的消息，找到後就跟你們講。」

蘇亞傻眼，他很懷疑為什麼杜軒會覺得自己會相信他說的話，乖乖放他們走，但在思考自己的行為和剛才開口袒護杜軒的態度後，他會這麼認為並不奇怪。

不過，杜軒真的很特別，特別到讓他想要無條件地去相信他，也許是因為他從來沒見過有活人肯拚死拚活地想去保護死者。

在倒塌武器庫那時的初次相遇，就已經讓他對杜軒產生了興趣，他一直想要和杜軒說上話，想要親自確認自己對杜軒的那份好奇心並不是錯覺。

現在，他如願以償了，也更加確定這個男人不像其他活人，也不像充滿貪念與私慾的死者，真要說的話，他就像是不屬於這個世界的路人。

「拿著這個，找到的話就按下按鈕，它會發出訊號，這樣我們就會收到。」

蘇亞把一個看起來很像汽車遙控器的長方型物件放在杜軒手裡，上面只有一個按鈕，所以根本不用擔心怕按錯。

杜軒收下，並點頭允諾：「等我們的好消息。」

說完這句話之後，杜軒就和已經站在門口的夏司宇離開鐵皮屋。

屋內沒有任何人阻攔他們，包括連再見兩個字都來不及跟杜軒說的賽門，所有人的目光都集中在蘇亞身上。

「你有沒有覺得老大有點反常？」

「當然，該不會真被那個活人迷住了吧？」

「那傢伙看起來像竹竿一樣，弱不禁風的，有哪點好？」

所有人都小聲討論，但還是傳入蘇亞的耳中。

蘇亞轉過頭看著那些人，他雖然在笑，但是卻讓人笑到心裡發寒。

幾個剛才還在抱怨的人縮在一起，急忙轉移視線，甚至開始吹口哨裝作沒事發生。

就在這尷尬的氣氛下，門再次打開。

「嗚！外面有夠冷的，老大，拜託換人把風啦！不然我真的要在屋頂被凍成冰棒了……咦？你們怎麼回事？」

凱剛進門就感覺到氣氛不太對，就算再遲鈍他也能發現大家心情不太好，尤其是他們家老大。

這應該不是因為他們損失的那個隊友，那傢伙死的時候，根本沒人在乎——畢竟是那傢伙先背叛了他們。

「凱，去跟著他們。」

「啊？我才不——」

才剛回來屋內沒幾分鐘的凱理所當然拒絕，但是當他和蘇亞對上眼之後，又只能乖乖妥協，不耐煩地嘟起嘴巴。

「嘖……真麻煩。你要我做什麼？」

「暗中觀察就好，不要出手。」

「知道了。」

凱離開後，蘇亞重新派其他人去屋頂把風。

留下的賽門看著蘇亞若有所思地低頭盯著桌上的地圖，忍不住問：「老大，你在想什麼？」

「……你們幾個，隨時做好離開的準備。」

賽門嚇一跳，急忙問：「要去哪？」

「這裡離碼頭很近，那些傢伙很快就會搜索過來。而且我覺得——那個活人很快就會替我們解決問題。」

雖然沒辦法明講這是哪來的自信，但第六感卻告訴他，杜軒絕對會成功找到。

而他的直覺，向來很準。

第四夜

暴風雨（上）

「你當真相信武器庫就在這個地方？」

最終，夏司宇還是忍不住開口提問。

他心裡所顧慮的問題，杜軒肯定都知道，所以剛開始他還以為杜軒是隨口答應蘇亞，實際上是想藉由這個機會溜走，但在回到城鎮後，他發現並不是這樣。

杜軒是真的打算找出武器庫的位置。

「欸？難道你覺得蘇亞是在說謊？」

「……不，我還以為是你在耍著他玩。」

「我怎麼可能會這樣做！」杜軒垮下臉，急忙搖手否認，「我還沒作死到這種地步，而且蘇亞絕對不是那種會讓人耍的笨蛋。」

「那麼你是要認真找？」

「當然。」

「好吧。」夏司宇嘆口氣，「你打算從哪裡開始？」

「嗯——」杜軒認真想了想，坦白講他還真沒思考過這個問題。

他會自告奮勇地跟蘇亞談交易，最主要是想辦法找藉口離開鐵皮屋，並且和蘇亞的人分開行動，其次是對那張「地圖」上標示的武器庫很有興趣。

「遇見你之後，我見到的武器庫位置，全都是能夠讓死者『明確』知道的明顯地點，但這次不太一樣，所以我覺得那個武器庫肯定不是普通的地方。」

「確實就像你說的，我剛才聽到的時候也有些意外，這座島的城鎮不大、建築物也少，並不是那種複雜到會讓人迷路的地形，但之前跟你一起逛的時候，我完全沒有感覺到武器庫的存在。」

「既然是給死者使用的武器庫，照道理不會隱密到讓死者找不到。」杜軒勾起嘴角，帶著調皮的笑容，將自己的猜測坦白告訴夏司宇，「所以我猜，那裡面應該藏著什麼好東西。」

「……聽你這樣說，感覺你好像很有自信能夠找到它。」

「蘇亞不是說了嗎，他們找遍整個地方都沒見到入口，所以我在想，既然它隱密到讓死者找不到的話，那入口肯定也不會設計成能讓死者看見。」

杜軒伸出食指，指著自己的臉說道：「既然是死者沒辦法發現的地方，那麼就是設定成能讓活人找出來的吧？」

夏司宇盯著充滿自信的杜軒，眨眨眼，有點意外。

「虧你能想到。」

「怎麼樣？是不是很聰明呀我？」

杜軒開心地笑著，露出白亮亮的牙齒，和這個充滿死亡氣息的危險地方完全不搭，但也因為他的笑容，讓原本只感覺得到殺戮氣息的夏司宇，內心多了一絲暖流。

他摸摸杜軒的頭說道：「你就只是單純想被我誇獎而已吧。」

「被誇獎心情會變好啊，你是不是都沒發現自己從剛剛開始就繃著一張臉。」

「……我的臉就長這樣。」

「這可不行，你戴眼罩就已經夠嚇人了，連笑容都沒有的話要怎麼欣賞？明明是個帥哥。」

「你是不是有點過於鬆懈？這種時候還有心情欣賞我的臉？」

夏司宇單手掐住杜軒的嘴，用拇指和食指擠他左右兩側的嘴角，讓他的嘴嘟起成八字結，即便杜軒想掙脫也掙脫不了。

「還說不說？」

夏司宇冷冰冰地問，直到杜軒用力拍打他的手腕後才鬆開手。

終於得到自由的杜軒大口喘息，一邊摸著嘴角一邊抱怨：「你還真的完全不手下留情！我還以為你對我很溫柔的說。」

「要是我對你不好，就不會浪費時間陪你到現在。」

「是沒錯啦。」杜軒扭扭嘴巴，確定沒有歪掉後繼續說：「你對我太好了，有時候真的讓我不懂你為什麼老是這麼在意我。」

「你覺得我是那種會思考原因再幫助人的傢伙嗎？」

杜軒一秒回答：「不是。」

「那就別想那些有的沒的，給我專心點。」夏司宇單手壓住杜軒的腦袋，轉頭望向天空，瞇眼注視著從烏雲裡鑽出的雷光，「剩下的時間不多了。」

「什、什麼啦！別壓我的頭……」

「意思是暴風雨的移動速度比預期中快。」

「哈……怪不得風開始變大，我還以為是因為島上沒有什麼高大的建築物遮蔽海風的關係。」

「你最好開始祈禱自己的猜測是正確的。」

「怎麼？你不相信我？」

杜軒抬起頭，賊笑的表情看起來特別欠揍。

夏司宇盯著他的臉看了好幾秒，才把手收回，移開視線。

「下次別再問我這種蠢問題。」

「知道知道。」杜軒笑得特別開心，因為他知道夏司宇是在不好意思。

他飛快地來回轉頭，摸著下巴像是在確認什麼，最後終於確定方向，小跑步地跑到對街。

夏司宇放慢腳步跟在後面，在這麼寬敞的地方，他並不擔心會把杜軒弄丟。

不過——感覺有點奇怪。

藏在山裡的那些死者軍人應該已經知道碼頭發生的事情才對，為什麼沒有增加這附近的搜索人手？明明這個地方和碼頭沒有距離太遠，而且蘇亞所在的鐵皮屋位置也很容易被查到才對。

難道說是在提防暴風雨？不，感覺不是那樣。

那麼就只剩下一種可能性——他們在碼頭那邊抓到了之前想要攻擊杜軒的那個男人以及他的同伙，已經掌握到其他組人馬的情報。

才剛這樣想不到一秒，碼頭方向傳來了巨大的爆炸聲響。

「什、什麼？怎麼回事！」

站在對街的杜軒嚇了一大跳，接著就看到夏司宇黑著臉衝向自己。

他一把抓住杜軒的肩膀，用身體護著他，打算把人帶到旁邊的房子裡暫時躲避，杜軒意識到夏司宇把自己越拉越遠，急忙大聲開口阻止：「等、等等！」

「嘖，現在沒時間聽你廢……」

「不、不是！要躲的話躲到那裡去！」

杜軒用盡全力阻止夏司宇把自己拖走，拚命指向掛著「二十四小時營業」，燈光明亮到非常顯眼的便利商店。

夏司宇只停了一秒，接著就直接抱住杜軒的大腿，把他整個人扛到肩膀上。

「那種地方不行，太顯眼。」

「我覺得入口就在那裡！」

話才剛說完，山的另一側也發出巨響，這次距離比較遠，但聲音卻仍舊響亮。

很顯然地，山裡那群死者軍人正在鏟除逃到這座島上的死者，而且他們能夠這麼快掌握到位置，就表示在碼頭遇到的那個男人，肯定出賣了蘇亞和其他人。

那麼他跟夏司宇的事，那些死者軍人很有可能也已經知道了——

「夏司宇！拜託你聽我的！」

「想都別想。」

「你不是相信我嗎？那就好好聽我講話！」

杜軒很緊張，因為比起暴風雨，那些死者軍人的攻擊才是最危險的。

可是如果現在不先把入口找出來的話，之後要找恐怕會變得更困難！

「求你了夏司宇！」

夏司宇沉默地停下步伐，原地站了幾秒後，突然開口爆粗話。

杜軒被他低沉的聲音嚇一跳，還以為自己真的惹火夏司宇，結果卻發現他乖乖轉身，扛著他衝進便利商店。

推開玻璃門進去後，夏司宇就立刻把他放下來。

在明亮的燈光下，杜軒清楚看見那張帥氣的臉扭曲的模樣。

那是不耐煩到極點的怒火。

「給你三分鐘。」

「哈……知、知道了……」

杜軒不禁失笑，這傢伙生起氣來真的有夠可怕，他現在終於可以體會那些被夏司宇嚇跑的人的感受。

他其實很緊張，因為他也只是從地圖上標示的位置，大概判斷出入口位置應該是在便利商店。

多虧城鎮不大，加上之前他跟夏司宇有先走過一圈，所以地理位置他記得很清楚，但說穿了這也不過是他自己的猜測，沒有任何可靠的依據。

要是他猜錯的話，夏司宇恐怕真的會出手揍他。

當杜軒的手掌心從夏司宇的手臂上移開後，下一秒，「那個」感覺又來了。

頭痛欲裂，大量畫面塞進腦袋瓜裡——他無法操控的「預知」毫無預警地在這個節骨眼上冒出來，害他差點沒有腿軟倒地。

夏司宇見到才剛放開不到一秒的杜軒，突然臉色蒼白地扶著額頭，馬上知道發生什麼事，立刻重新抓緊他的手臂。

「嗚……」

杜軒皺緊眉頭低鳴，奇怪的是，這次難受的感覺並沒有持續很久，意識很快就恢復正常。

他猛然抬頭對上夏司宇的眼睛，那張之前還在對他生悶氣的臉，此刻充滿著擔憂。

「你該不會又──」

「我、我是對的！」

夏司宇原本想問清楚杜軒的狀況，沒想到他卻突然精神奕奕地伸長脖子貼近自己的臉，嚇得他把想說出口的話吞回去。

「入口在這裡！」

杜軒充滿自信、雙眸閃閃發光，完全不像是之前「預知」發生時的虛弱模樣，這讓夏司宇有點不習慣。

他原本開口想問，但島上又傳來爆炸聲，很快就拉回兩人的思緒。

這次的聲音隔著玻璃門都能聽到，店內貨架還因為爆炸而震動。

「跟我過來。」

杜軒拉住夏司宇的手，急匆匆把人帶到收銀臺的位置後，伸手輕拍放置菸盒的櫃子，接著整片牆壁就往後下陷，從左邊打開。

當夏司宇看見眼前的樓梯時，真的傻眼，誰會想得到入口藏在這種地方？

杜軒從口袋裡拿出蘇亞給的遙控器，按下按鈕後就把它隨手扔掉，繼續拉著夏司宇的手說：「我們快進去吧！」

夏司宇一臉遲疑地盯著杜軒，「你到底是怎麼……」

「是預知。」杜軒知道他想問什麼，立刻就給出答案。

他趁兩人一起走樓梯的時候，把剛才的情況老實說給他聽。

「剛才預知又突然出現了，不過這次感覺跟以前不同。」

「什麼意思？」

「我之前都是預知到危險，但這次我看到的不是未來，是過去。」杜軒轉頭對上夏司宇的臉，垂低雙眸，「我看到過去有人用這個方法進入武器庫。」

他也是第一次知道自己能看見的不僅僅只有未來，還有過去。

不知道是不是因為預知到的畫面不同，之前感受到的痛苦和不舒服，這次全都沒有，就只有大腦被入侵後的無力感而已。

他不知道該怎麼形容這種感覺，就是「很奇怪」。

比起身體的不適，他更想知道觸發的原因是什麼，然而這並不是現在必須優先思考的問題。

「哇……這就是武器庫？」

第一次來到武器庫的杜軒，對所有的一切都充滿好奇。

底下空間很大，也很明亮，重點是裝潢看起來就跟便利商店一樣，感覺好像還在店裡面，只是不同樓層，而貨架上的商品則是從常見的日常用品、餅乾零食、飲料甜點那些轉變成武器。

好吧，他得承認，這些東西跟便利商店的裝潢真的有夠不搭。

「你別隨便亂碰。」

夏司宇怕杜軒傷到自己，把他隨手拿起來把玩的手榴彈奪過來之後，放回原位。

杜軒摳摳臉頰，有點不好意思，只能乖乖跟著夏司宇，不再被那些他覺得很帥的武器、裝備牽著鼻子走。

「這裡的東西能用嗎？」

「能，而且很有幫助。」夏司宇撫摸杜軒的頭，「幹得好。」

杜軒心情不錯，他總算有能夠幫上忙的地方，但這樣的喜悅卻僅僅維持幾分鐘時間。

當上面的風聲開始越變越大的時候，便利商店突然跳電，明亮的四周突然陷入漆黑一片，伸手不見五指，三秒後表示逃生出口的綠光亮起，稍稍彌補缺乏光線的空間。

杜軒嚇了一跳，才剛想轉身找尋夏司宇的位置，就撞到一堵肉壁。

他搖搖晃晃，摸著鼻子往後退，差點摔倒的時候被人拽住手臂。

「你在幹嘛？」

「呃、你能不能不要突然冒出來。」

「我怕你又碰到不該碰的，這麼黑，你大概連手榴彈和雞蛋都分不清楚。」

杜軒很想吐槽，但外面的風聲實在太大，聽起來暴風雨就好像在他們正上方似的，而且在停電的情況下摸黑行動相當危險。

夏司宇熟練地從旁邊櫃子裡拿出小型手電筒，轉開後點亮，塞進杜軒的嘴巴裡。

「沒事做的話就來幫忙，別掉了。」

杜軒不知道他是想要封自己的嘴還是故意把他當成人型手電筒用，總之，他現在也只能乖乖聽夏司宇的指示。

夏司宇繼續看武器庫裡的資源，不過他並沒有選擇大量武器，只是換了把更好用的手槍，拿走幾個彈夾，輔助型武器也沒拿幾個。

說也奇怪，他還以為這種被刻意隱藏起來的武器庫會藏有什麼特殊道具或武器，實際上卻沒有這種東西存在，全都是他在其他武器庫見過的道具。

正在他疑惑的時候，走到冰櫃的夏司宇無意間往裡面看了一眼，像是被驚嚇到一樣，突然瞪大雙眸。

「啊啊，原來如此……」

只剩下逃生出口綠光的武器庫，有種隨時都有鬼會冒出來的陰森感，就連陰暗的角落看起來都像是有人影在晃動——等等，好像有點不太對勁。

「嚇！」杜軒下意識緊咬手電筒，因為太硬害他牙齒差點沒斷掉，結果反而整張嘴麻麻的，不太舒服。

他把手電筒吐出來拿在手上，用力拉扯夏司宇的衣服。

原本注視著冰櫃的夏司宇，重新把注意力放回杜軒身上。

「什麼事？」

「那、那個……影子……」

夏司宇見杜軒緊張到話都說不出來，便朝他盯著的方向看過去。

在角落的陰影處，有個像是人形的黑霧在晃動，看起來很像是喝醉酒的大叔。

黑霧沒有五官，四肢纖細，高度和杜軒差不多。

武器庫裡從來沒有出現過怪物，所以夏司宇並不認為它是危險的。

「不用管。」夏司宇抓住杜軒的肩膀，讓他貼緊自己，「你先來看看這個東西。」

他把杜軒的臉強行轉向冰櫃的方向，果然成功轉移杜軒的注意力。

因為躺在冰櫃裡的不是什麼奇怪的東西，而是熟悉的「道具」。

更正確地來說——是他們曾經冒風險得到過，能夠殺死死者的武器。

「這、這東西為什麼會在這？」

杜軒很驚訝，因為躺在冰櫃裡面的竟然是被切割過後的警笛頭。

這個警笛頭比之前看到的要來得小，以尺寸來看，很像是由活人轉化而成的警笛頭，就像是他們在樹林裡遇到的那名大學生。

「該死，光是想像就覺得噁心。」

杜軒摀住嘴巴，差點吐出來。

如果不是警笛頭的樣貌，躺在裡面的恐怕就會是人的屍塊，這讓他想起在度假村地下室見到的血肉模糊畫面。

夏司宇發現杜軒的臉色並沒有轉好，反而變得比剛才還要蒼白，不由得皺緊眉頭。

「我不是要你看怪物，是要看放在它旁邊的東西。」

「……什麼？」

聽見提醒，杜軒這才注意到冰櫃裡除了被切割的警笛頭之外，還有許多用布包裹起來的球體，數量還不少。

杜軒打開冰櫃把其中一個布團拿出來，回頭看向夏司宇。

「你是要我打開它？剛才不是還要我別亂碰東西。」

「這個不一樣。」夏司宇像是刻意要和它保持距離似的，往後退了一步，「裡面有能讓你自保的武器。」

杜軒照他的指示解開布團後，發現裡面有一把手槍和幾個彈夾。

老實說這東西看起來比架上放著的武器還要老舊，連他這門外漢都看得出來這把武器絕對不好用。

夏司宇突然蹲下身，把手槍拿起來，乾淨俐落地檢查槍管、彈夾，接著抓緊槍托，朝緊急逃脫出口的燈箱開槍。

砰一聲，由於這裡是地下，加上又是封閉空間，槍響聲響亮到令人耳鳴頭痛。

杜軒摀住耳朵，向夏司宇投以抱怨的眼神。

「你幹嘛突然開槍！」

「試試看這把槍的穩定度而已。」

夏司宇放在手指上旋轉後，讓槍口對準自己，把槍遞還給杜軒。

杜軒十分無奈地將槍接過來，實在不明白夏司宇在搞什麼鬼。

「看來這把槍的子彈是用警笛頭的身體做的，而且還能對死者造成傷害。」

「光開一槍而已，你怎麼就能知道這麼多？」

「憑我對這東西的排斥感。」夏司宇指著躺在地上的彈夾，「裡面的子彈讓我很不舒服，就跟之前從警笛頭身上取下的鐵棍一樣。」

「所以，它能殺死死者？」

「對，而且很有趣的是，這是死者也能用的武器，雖說我會下意識產生抗拒，但是也能像剛才那樣自然地開槍，也就是說——這是由活人幫忙填裝彈藥後再由死者開槍的裝備。」

杜軒皺眉，「這種情況只有死人和活人一起行動才有辦法做到吧，難道除了我們之外還有其他人也這樣？」

「倒不如說，這就像是武器庫特地安排給我們兩個的專屬武器。」

「你早就猜到會是這樣，所以才會讓我打開它？」

夏司宇點點頭，「你把子彈收進胸包，槍的話，待會我找個槍套給你裝，讓你隨身攜帶。」

「知道了。」

杜軒一邊收拾，一邊留意角落的黑影，結果沒想到那東西居然已經不在了。

不知道是不是心裡雖然還有些疙瘩的關係，他加快動作，起身後發現夏司宇已經準備好離開，正站在樓梯口附近等他。

杜軒小跑步過去，才剛張開嘴想說話，就被夏司宇用手擋住。

他沒有發出聲音，只是對杜軒搖搖頭示意。

接著，樓梯上方的空間傳來腳步聲，而且人數不少。

溼答答的軍靴踩在超商地板的聲響，相當明顯，就算是他這個門外漢也能猜出上面那些是什麼人。

很顯然，並不是蘇亞他們。

夏司宇示意杜軒躲到旁邊的貨架，他乖乖聽話，目送夏司宇獨自回到樓上。

起先，很安靜，甚至安靜到讓杜軒懷疑自己剛才聽見的腳步聲是錯覺。

接著樓上接連傳來慘叫聲以及槍響，持續好幾分鐘的時間後才恢復寧靜。

之後他聽見有人走下樓梯，並慢慢靠近他躲的位置。

當腳步聲在貨架旁邊停止後，杜軒才抬起頭，和那隻在黑暗中閃閃發光的眼眸互相凝視。

「結束了，過來。」

夏司宇朝他伸出手，杜軒點點頭，將自己的手交給他。

「是那些軍人？」

「嗯，看來蘇亞沒收到你發的訊號。」

「不是沒收到，是沒辦法過來吧。」

「……有可能。」夏司宇壓低雙眸，帶著杜軒從櫃檯後面走出來。

杜軒一看到倒塌的貨架、亂糟糟的商品掉在地板，當然也包括那些穿著軍裝、手裡拿著衝鋒槍的死者軍人們。

五個人都躺在地上，動也沒動，看起來就像死了一樣。

「趁他們醒來前先離開這裡再說。」

「可是外面風雨……」

一片大樹葉正好被風吹過來，重重拍打在玻璃牆上。

兩人盯著那片樹葉和外面的暴風雨發呆，很顯然知道離開這裡不是什麼好主意。

「我原本以為暴風雨還要隔幾個小時才會到。」杜軒嘆氣，實在不覺得他們花費在這裡的時間有那麼長。

相較之下，夏司宇倒是很習慣這個狀況。

「這個地方的氣候本來就沒辦法預測。」

「那該怎麼辦？」

夏司宇轉頭盯著倒地的人，「他們有辦法在暴風雨中行動，表示有適合的交通工具。」

說起這件事的同時，兩人的腦海裡同時想到同個東西。

車子，他們開到島上來的那幾輛卡車。

外面並沒有卡車的蹤影，也就是說他們有另外安排會合時間。

「看來電源是這些傢伙切斷的，然後再分組對建築物進行搜查。」

「夏司宇……你想的跟我一樣嗎？」

「你是指跟蘇亞他們一起逃過來的死者，很有可能躲在這附近的事？」

夏司宇瞥了一眼倒地的死者軍人，將杜軒衣服後領的帽子拉起來，蓋在他的頭上。

「總之，現在先換個地方，這裡不能待。」

「以暴風雨的風速，我覺得自己會被吹走。」

「我會抓住你，不用擔心。」

「哈……知道了，我們走。」

杜軒很無奈，但跟那些拿著槍亂跑的死者軍人相比，他寧可冒險衝進暴風雨。

「附近好像還有其他可以躲的建築，總之我們就先去……」

杜軒話說到一半，結果又被打斷。

而這次打斷的理由是因為有好幾個人衝進便利商店，這些人全都溼答答的，看起來相當狼狽，每個人的臉上都帶著倦容。

但是，他們一進來撞見杜軒和夏司宇的瞬間，立刻舉起手槍，夏司宇也同樣因為反射動作而拔槍應對。

窗外一聲響亮雷響，閃光瞬間照亮店內所有人的臉，彷彿只要有人移動，就會立刻開火交戰。

「等等！」

突然，從旁邊跳出來的男人張開雙臂擋在雙方的槍口之間。

杜軒立刻就認出那個人是凱，對於他會出現在這裡的事並不感到訝異。

就像夏司宇說的，蘇亞絕對不可能讓他們兩個人單獨行動，凱就是安排過來監視他們的吧。

「凱？」對方一見到凱，相當驚訝，也立刻示意同伴將槍放下。

確定對方沒有要開槍的意思後，夏司宇也直接把槍收回槍套內，靜靜看著這些人。

「你怎麼會在這？這兩個傢伙看上去不像是你們的人。」

「他們算是朋友那類的吧。」凱搔搔頭髮，從他身上乾乾淨淨的狀況來看，他應該在暴風雨來之前就躲進便利商店裡了。

杜軒完全被這情況嚇到了，他偷看夏司宇的表情，發現他並沒有對凱的出現感到意外，反倒是不太歡迎這些突然闖入的不速之客。

看來夏司宇早就發現凱暗中跟著他們，只是故意當作沒這回事。

凱回頭，在看見夏司宇的臉色後，苦笑道：「我說大哥，你真的有夠可怕……一個人幹掉這麼多死者，而且還是裝備齊全、訓練有素的軍人，怪不得老大會這麼想要你。」

還沒等到夏司宇開口回答，便利商店外又傳來一聲轟隆巨響。

下一秒，夏司宇和凱突然同時轉頭盯著玻璃窗外。

「快趴下！」

凱大喊，夏司宇二話不說直接用身體壓住杜軒，把他撲倒在地。

其他人也動作迅速地貼著牆壁，或是找遮蔽物閃避。

大量的子彈瘋狂掃射便利商店，店裡迴盪著暴風雨的聲響，開槍的聲音完全被覆蓋過去，無法確定對方的距離和位置。

一陣亂射後，終於等來短暫的停歇，可是給他們喘口氣的時間沒有多久。

全副武裝，手持衝鋒槍的軍人衝進來，很有秩序地開始在黑暗中尋找他們的身影。

最先被找到的，是離便利商店門口最近的那群死者。

「哇！什、什麼——」

砰！

「等、等等！」

砰砰砰！

完全不給對方開口的時間，這群人只要一見到人就直接開槍，爆掉對方的腦袋，人倒地後立刻開始搜索他們身上的物品，很顯然，他們的目的就是指南針。

凱躲在夏司宇隔壁走道的貨架後面，很快地和夏司宇交換眼神。

夏司宇低頭，將嘴唇貼在杜軒耳邊，輕聲低語：「躲好。」

杜軒點頭回應後，夏司宇便和凱同時衝出去。

窗戶外第一道雷光閃起，夏司宇眼眸反射照進便利商店內的光線，雙手食指交扣，握緊成槌子，直接擊中毫無防備的敵人的後頸。

對方應聲倒地的同時，他也立刻被其他人的槍口對準。

夏司宇踩在倒地的人的身上，垂著頭，慢慢抬起來。

從被掃進室內的風雨淋溼的髮絲裡，那雙如野獸般豎直起的瞳孔，映照出槍管的樣貌。

「什……什麼鬼……」

「這、這傢伙是誰？」

這些人並沒有立刻開槍，因為他們全都被夏司宇那副令人恐懼的模樣嚇傻了。

夏司宇沒打算給這些人做出反應的時間，他迅速把掉落在腳邊的衝鋒槍檢起來，向左後方扔過去，早就已經蓄勢待發的凱立刻跳出來接住後，再次消失。

凱的出現，總算讓這群人回過神，但已經來不及。

夏司宇將十指向內彎曲，以充滿壓迫感的速度衝向這些人。

眼看夏司宇直逼自己，首當其衝的男人嚇到下意識扣下板機，但卻被夏司宇飛快閃避過去，子彈只擦過他的臉頰，留下擦傷一樣的痕跡。

夏司宇根本不在乎，他直接抓住這個男人的腦袋，用力往後推，讓他整個人撞擊在牆壁上。

牆壁破裂，一滴一滴的鮮血從男人的後腦勺溢出。

「媽的！怪物！」

「開槍！快開槍！」

其他人嚇得不輕，直接集中火力朝夏司宇開槍。

夏司宇順勢直接把剛抓住的男人作為盾牌，順手從對方的腰包裡掏出閃光彈，扔到店中央。

作為盾牌的男人的身軀已經被打得稀巴爛的同時，閃光彈爆開，瞬間照亮周圍。所有人猝不及防，被閃光彈影響而暫時喪失視覺，但聽覺仍很清楚。

「呃！」

「不……等、等等……」

「救命！救命！」

在視線慢慢恢復的同時，店內的敵人也全部倒在地上，唯獨剩下一個人。

而夏司宇正站在能夠看清楚的他面前，冷冰冰地盯著他看，臉頰和衣服上都沾著其他男人的鮮血，拳頭上甚至還有血滴落。

當然，這並不是夏司宇的血，而是那些被打揍得半死的敵人的血。

轟隆。

雷光很戲劇化地在此刻來到，雖然只有短短幾秒，但當它照亮夏司宇臉上表情的瞬間，男人腿軟、跌坐在地，連持槍的力氣也沒有。

他慌張地往周圍看過去，自己的同伴全都被打到不成人樣，臉部骨折、手臂被扯到扭曲，只能倒在地上抽搐。

死者不會死亡，但是只要給予如同死亡般的傷害，就可以讓他們體會到死亡的感覺——而這也是除了使用能夠殺死死者的武器之外，能夠阻止死者的唯一辦法。

「你……」

夏司宇才剛開口，這個男人就被嚇到暈死過去，獨留夏司宇一個人尷尬地站在原地，感受著打入室內的冰冷暴風雨，無言以對。

第五夜

暴風雨（下）

「天啊大哥，你也太誇張！」從外面走進來的凱，扛著衝鋒槍，像在逛街般的環視店內堆積如山的死者。

這些人全都看起來像是死了一樣，不過比起他們，那幾個見到夏司宇的實戰能力後臉色蒼白的男人們表情更是精彩。

在夏司宇解決敵人後，剛才闖入便利商店的男人們全都對他產生畏懼感，唯獨杜軒不在意。

他第一個接近夏司宇，從胸包裡拿出手帕，輕輕擦拭夏司宇臉上和手背的鮮血。

杜軒知道夏司宇很強，但每次親眼看過他的戰鬥後，都還是沒辦法習慣。

凱也走過去，唯一完好無傷卻失去意識的男人說：「這傢伙是怎麼回事？」

「暈了。」

「你打的？」

「他自己暈的，跟我沒關係。」

「我看是被你嚇暈過去的吧，大哥。」

凱猜得很準，其他人跟著瘋狂點頭。

杜軒倒是不以為意，他有點擔心外面的情況，轉頭盯著玻璃窗外。

「我還以為外面會繼續掃射，怎麼這麼安靜？」他像是早就有所預料一樣，轉頭盯著凱看。

凱眨眨眼，笑嘻嘻地回答：「你的嗅覺還真敏銳，對，是我解決掉的。」

剛才雖然夏司宇要他趴好，但他還是偷偷探頭出去看情況，自然有看到夏司宇把槍扔給凱的畫面。

那兩個人默契好到不像是臨時組隊，還是說這就是強者之間的默契？

總之，他心裡有點不是滋味，感覺好像被凱比下去了。

「外面只有三個人，處理起來很輕鬆，反倒是在室內不好打，而且也沒辦法開槍，更何況還得徒手對付手裡拿著衝鋒槍的軍人，所以我就挑了最輕鬆的活。」

凱邊說邊轉頭向夏司宇尋求認同，但夏司宇卻什麼話也沒講。

他發現杜軒心情好像有點不好，不知道是不是因為被偷襲的關係。

「先離開這裡再慢慢聊天。」揹著登山包的男人蹲下來，撿起掉落在地上的衝鋒槍，他剩餘的同伴也跟著從這些被打倒的死者身上找尋能用的武器。

他確認完彈夾內的子彈數量後，先向夏司宇道歉。

「這些傢伙是追著我們過來的，很抱歉把你捲進來，也感謝你的幫忙。」

「你明知道我不是為了你們。」

夏司宇冷冰冰的回答，眼神裡完全沒有溫度。

男人不由得苦笑，「是，我知道。」

他和同伴們收拾東西，並在便利商店內閒逛的模樣，被杜軒看得一清二楚。

當這些人走過櫃檯附近的時候，像是完全沒發現通往武器庫的門，就這樣面無表情地走過去。

明明它還敞開著，而且很明顯，正常來講不可能沒發現才對。

杜軒心裡閃過一個念頭——該不會這個武器庫不但只能讓活人打開，也只有活人看得見吧？

但這樣的話夏司宇應該也看不到才對。

也就是說，這些死者並不是沒看見那扇門，而是「沒有注意到」。

簡單來講，那扇門有能夠不被死者察覺的特殊能力在，所以這些人才沒注意到，而夏司宇看得見，是因為是他帶著夏司宇去打開那扇門的。

這樣解釋的話，一切就說得通了。

「真奇怪呀……他們好像看不見武器庫似的。」

正當杜軒思考這件事的同時，耳邊傳來凱的喃喃自語。

他很訝異地轉過頭，這才發現凱笑呵呵地盯著自己看，那表情就像是個知道祕密的調皮孩子，充滿稚氣。

「看來沒有意識到它存在的死者就不會注意到它。」

「……我還以為你是個不會思考的笨蛋。」

「要不是因為你救過我跟賽門，我可不會對這種話視若無睹。」凱彎下腰，在杜軒耳邊低語：「上個把我當傻子耍的傢伙，下場可是非——常淒慘喲？」

杜軒嚇了一跳，反射性摀住耳朵，但他都還沒先退開，就被夏司宇拽過去。

夏司宇黑著臉對凱投以怒目，但凱很快就變回之前那個看起來傻傻的活潑男孩，露齒笑道：「哇！真可怕。」

「你這混……」

「放心吧，我可是懂得知恩圖報的。」凱將衝鋒槍揹在身後，舉起雙手表示沒有敵意，但很顯然地，夏司宇並不領情。

他雖然釋放出殺意，不過沒對凱動手，只是就這樣拉著杜軒走出便利商店。

看著他離開，揹著登山包的男人先是鬆口氣，回過神來後發覺不對，急急忙忙和同伴說道：「快點跟上去！」

這些人就像是終於遇到靠山似的，全部黏在夏司宇身後，凱一個人淒涼地被遺棄在便利商店裡。

他眨眨眼，雙手插入口袋，小跑步跟在後頭。

「你們還真狠！別把我一個人扔下來啦。」

他笑得很開心。

原本覺得和蘇亞他們分開，心裡還有點不爽，但現在他遇到更有趣的狀況了。

外面的風雨仍很強勁，雨水拍打在杜軒的臉頰上，把他的臉打得紅通通。

他沒辦法開口詢問夏司宇想幹嘛，直到他看見前面有黑色的大車。

這台車看起來很像是軍用裝甲車，防彈而且絕對安全的那種。

果然，夏司宇把車門打開後將他推上副駕，自己則是坐在駕駛座。

全身溼答答的感覺很不舒服，杜軒甚至還鼻癢，打了個噴嚏。

「哈啾！」

他冷到顫抖，但很快就感覺到有熱風吹在臉上。

原來這台車還有暖氣，夏司宇立刻就打開它，看起來似乎很熟悉這台車的使用方法，對於這些複雜的按鈕還有啟動引擎的方式都相當熟悉。

就在他感覺到身體開始暖和起來的時候，駕駛座的車窗傳來拍打聲。

是凱跟其他死者。

夏司宇看了他一眼，似乎是想跟他確認要不要開門。

杜軒吸吸鼻子，「沒差，就當讓他們搭順風車。」

他發現一件事，如果不能把那些死者軍人解決掉的話，這種追殺依舊會出現，既然如此，乾脆就把人聚集起來反擊回去。

「你是想打回去嗎？」

「……有時候我真懷疑你是不是跟徐永遠一樣有讀心術。」

「你的想法很好猜，所以和你相處起來很輕鬆。」

「謝謝你的稱讚。」

兩人簡單交談完畢後，夏司宇便打開車門讓這些人坐進來。

算上凱還有背包男在內，總共有五個人，有幾個因為被攻擊的關係身上還在流血，每個人都很狼狽，但在進入暖呼呼的車內後，全都露出安心的表情。

背包男原本想答謝，可是在直視夏司宇那雙毫無溫度的眼神後，默默把想說的話嚥回去。

相較於瑟縮的背包男，凱倒是完全不懼怕夏司宇，一上車就吵吵鬧鬧的，嘴巴都沒停下來過。

他碎念的內容大多都是抱怨倒楣跟這場突如其來的暴風雨，還有就是剛才打得不夠爽快，嫌對手太少，連給他熱身的資格都沒有。

杜軒不由得苦笑，果然就像夏司宇說的，蘇亞一群人都不是普通人。

「哥呀，現在你打算怎麼辦？」

總算碎唸完的凱終於開口向別人搭話，而且還很不怕死地和面無表情的夏司宇說話，讓背包男在內的其他人緊張得倒抽口氣。

剛才事情太過緊急，根本沒有時間反應，直到上車後才慢慢放下心來，同時——他們一群人也注意到坐在副駕駛座上的杜軒，並不是死者。

杜軒轉頭看著背包男那群人，而不經意和他對上視線的背包男則是嚇了一跳，有些尷尬地苦笑，杜軒也回以禮貌的微笑，向他點頭示意。

現在車內全都是死者，就只有杜軒一個活人，他怎麼還能表現得這麼冷靜？是因為有那個強得如怪物般的男人做靠山的關係？

夏司宇無視凱的提問，連頭也沒回，將車開往道路。

「別叫我哥。」

「你看起來年紀就比我大，當然叫你哥。」

夏司宇懶得繼續糾正，轉移話題問：「你手邊有連絡用的無線電吧，蘇亞讓你來跟蹤我們，不可能會不跟你保持連絡。」

「沒有，但是要和老大取得連絡不是什麼難事。」凱說完，將身體往前探入前座，自動自發地使用車上的無線電裝置。

稍作調整後，他拿起對講機試著呼叫。

幾分鐘後，無線電便傳來蘇亞的聲音。

『看來你們平安無事。』

蘇亞會這麼直截了當地說出「你們」這兩個字，就是篤定夏司宇和杜軒沒事，而且凱也已經跟他們會合的事實。

明明他們什麼都還沒說，蘇亞卻像是一直在場，非常清楚他們的情況。

「能有什麼事？我大哥強得要死，根本沒人攔得住。」

『鬣狗可不是叫假的。』

「哈！親眼見到後真的不難懷疑為什麼老大你會想要得到他。」

蘇亞和凱的對話，讓車內氣氛變得很尷尬。

這兩個人是不是忘記還有其他人在？而且他們討論的對象正握著方向盤。

不過——也許他們就是想讓夏司宇聽見，才故意挑明。

後座的其他人在聽見蘇亞喊夏司宇「鬣狗」的瞬間，臉色全都變了。

「鬣狗？是那個……傢伙嗎？」

「該死，怪不得強得不像人。」

背包男聽見同伴小聲討論夏司宇，急忙向他們說道：「還不快給我閉嘴，你們別忘記自己的命是被誰救的！」

雖然他們討論的聲音並不大，但車內空間封閉，仍然能夠聽見。

夏司宇並不介意，杜軒卻很不滿。

凱冷冷撇頭瞪了說三道四的人一眼後，按下對講機和蘇亞說道：「哥這邊好像有什麼計畫，老大你們那沒事的話，要不要聽聽看？」

蘇亞很快就傳來回應：『我大概猜得到他們想做什麼，是要趁這個機會反攻對吧？』

夏司宇和杜軒聽見後，同時看向凱。

凱苦笑，代替兩人回答蘇亞的問題。

「是啊老大，你猜得還真準。」

對講機那側傳來嘆息聲，『因為我也打算這麼做，老實說，暴風雨來得正是時候。』

原本凱打算開口回答，但夏司宇卻突然伸出手，他便乖乖把話筒遞過去。

「二十分鐘後基地見。」

『哈……居然直接下令？知道了。』

蘇亞雖然在抱怨，聲音卻聽起來滿愉快的，並不像是不願意的樣子。

接著夏司宇把話筒掛回去，大幅度左轉後，踩足油門衝上山坡。

／

暴風雨並沒有減弱，強度一直維持得剛剛好，感覺就像是有人在暗中操控它。

夏司宇並沒有把車開到基地附近，而是在基地下方的一處小平地，他和杜軒、凱下車後，就將車子交給背包男一伙人。

他們早料到這些人沒有打算和他們一起行動，雖說死者或多或少都能戰鬥，不過也有像他們這種生前沒有戰鬥能力，死後只好靠最普通的方式去獵殺活人。

「你們真的要讓我們把車開走？」

背包男很意外，離開前仍多次重複向夏司宇確認。

而夏司宇的回答始終如一。

「滾。」

背包男臉色鐵青，二話不說就開車載同伴離開。

風勢很強，但夏司宇找的位置還不錯，能夠靠山壁和樹幹擋掉部分風雨。

三人穿著黑色雨衣，這是剛才從車上找到的，和普通的雨衣不同的是它有些厚度之外，行動起來也不會卡卡的、不方便。

「這種天氣果然最適合偷襲了，你說是吧哥？」

凱笑得很開心，他甚至連衝鋒槍都沒帶，爽快地留給車上那群人。

夏司宇完全不理會他，仔細整理杜軒的雨衣，確定他的體溫正常。

見自己完全被排除在外，凱突然有種被拋棄的感覺。

「你們能不能別老是進入兩人世界？我這樣很尷尬耶。」

「少在那邊胡說八道。」杜軒反駁道：「你們兩個是真的想要殺進去嗎？」

夏司宇和凱交換眼神後，認真點頭。

杜軒頭疼地說：「哈啊……好吧，早就知道我這種普通人的思考方式跟不上你們，但如果你們要闖進去，我會變成累贅的，不如我就在這裡等你們？」

「不，你跟我們一起走。」夏司宇立刻否決杜軒的提議，「你手裡現在有能夠護身的武器在不是嗎？而且你也懂得開槍。」

「但我不會像你們閃躲子彈。」

「你只要躲起來就好，反正我們是打算用潛行的方式偷襲，就算開火，我也不會讓他們朝你的方向開槍。」

這樣看來，他是拒絕不了了。

杜軒很不願意，他只不過是個普通人，和熟悉槍彈雨林的夏司宇完全不同，就算習慣這樣的日子也不代表不會害怕。

「我勸你還是照哥說的話去做。」凱跟著幫腔。

杜軒嘆口氣，「知道了，我聽你們的就是。」

夏司宇輕拍杜軒的腦袋，輕輕扯動嘴角，露出微笑。

「走。」

他一聲令下，杜軒和凱便跟著往山坡爬上去。

凱走得很輕鬆，完全無視暴風雨的存在，就連溼答答、軟爛的泥土地也不影響他前進的步伐。

相較之下杜軒就比較辛苦，他到最後是直接被夏司宇拎在手上直接帶走。

重新回到基地，果然這裡的人並沒有剩下多少。

杜軒不知道他們打算做什麼，但從兩人偷偷摸摸討論的情況來看，絕對不是什麼好事。

「你在這躲著。」

「怎麼有點熟悉？」

「因為這裡最安全。」

杜軒失笑，有些無奈。

因為夏司宇要他躲的地方，和他們之前躲起來偷看這些死者軍人的位置一樣。

安置好杜軒後，夏司宇和凱各自分開行動。

暴風雨可以隱藏他們的位置和行動，就連從後面偷偷將人放倒也不會被察覺。短短幾分鐘，他們就已經處理掉巡邏的人，並順利潛入主帳篷。

全身溼答答的夏司宇剛進去，就立刻被四個人舉槍對準。

他面不改色地抬起頭，注視著站在面前的男人。

「……哈！還以為是哪隻臭老鼠溜進來，原來是條狗。」

夏司宇對於自己被發現這件事並不意外，因為他早就猜到人幾乎都在主帳，當然，率領這群死者軍人的老大也在這。

「你把我的人打得還真慘。」

夏司宇喃喃道：「是在遭受攻擊的時候發訊號回來通知的嗎……」

「我派出去的那些傢伙可不是傻子。」

「看得出來。」夏司宇單手撩起頭髮，將瀏海往後梳，「所以你們也想像他們一樣？」

當他這麼說的瞬間，散發出的殺氣令那些舉槍的人狠狠抖了一下。

只不過是口頭上的要脅，但他們卻感受到前所未有的恐懼。

當中有個人因為過於害怕，不小心扣下板機，朝夏司宇開槍。

砰的一聲，主帳內所有人都驚呆了。

並不是因為突然開槍的關係，而是夏司宇只是稍稍側頭就直接躲過了射擊。子彈貫穿帳篷的布幕，射穿一個洞，開槍的男人則是臉色鐵青。

以這聲槍響為信號，夏司宇瞬間衝上去，一把掐住對方的脖子，單手將人往上抬高，讓他雙腳懸空，不斷掙扎。

「咳、咳咳……呃……」

「把人放下！鬣狗！」

「住手！」

其他人雙手握緊手槍，和最開始的持槍方式不同，這表示──他們這次是真的準備要開槍。

夏司宇冷冷看了他們一眼後，將人重摔在地，狠狠踩斷他的脖子。

喀嚓一聲，所有人的心跟著顫抖，因為害怕而開槍。主帳內槍聲大作，甚至可以看到交火的亮光，即便是在吵雜的暴風夜裡也能清楚聽見聲音。

幾分鐘之後，槍聲停止，主帳內恢復安靜，下一秒一個男人的身體突然被人踹出帳篷，跌坐在泥濘的地面。

「咳咳、咳……」

他慌張地抬起頭，臉色蒼白地看著拖著失去意識的男人，慢慢走出來的夏司宇。

曾聽說過許多有關於「不死鬣狗」的傳聞，但他一直以為這只是別人誇大的故事，直到今天真的遇見本人。

夏司宇的身上沒有半個槍傷，只有被他揍爆的敵人留下的鮮血。

人如其名，這傢伙——確實如傳聞中那般可怕。

夏司宇把男人拖出來之後便鬆開手，任由這個臉被打歪的男人倒在地上，臉朝下直接摔在水窪裡，動也不動。

他的手裡拿著的是這個男人原本拿著的手槍，而男人的手指則是早就被他折斷，呈現很詭異的方式扭曲著。

「你……你別得意忘形……」

「威脅誰呢，這蠢貨。」

凱突然從背後出現，抬起腳狠狠往這個人的臉橫掃過去。

對方咳血、牙齒從嘴裡掉出來，看上去相當狼狽。

「哥，都弄好了。」

「時間也正好差不多。」

夏司宇剛說完，馬路方向就傳來引擎聲以及車燈。

接著一大群死者軍人拿著衝鋒槍跑過來，瞬間就把他跟凱團團包圍。

凱雙手插在口袋裡，嘿嘿笑著，一點也不在意。

夏司宇的目光則是變得比暴風雨還要冰冷。

「哈！你以為我不會把人叫回來？」

男人少了顆牙齒，聲音倒還是很狂妄。

他大笑著說：「我可沒這麼愚蠢，鬣狗！這下你們才是被獵殺的老鼠！開槍！」

一聲令下後，槍聲響起，但開槍的並不是他們的人。

死者軍人中有個人後腦勺被子彈貫穿後，倒在夏司宇面前，隨後從黑暗處冒出來的人影開始對這些持槍者進行攻擊。

場面相當混亂，溼答答的雨中夾雜著鮮血和火藥味，簡直就是一場亂戰。

時間像是持續很久，但實際上也只是過了短短幾分鐘而已。

「媽的，沒想到這麼輕鬆，那我們之前是逃個屁？」

臉。

凱狠狠踩在倒地吐血的男人身上，像是要洩憤般，不斷踐踏那張已經被打歪的站立在暴雨之下的幾個人，全都陷入沉默，接著所有人的目光投向將臉上的雨水抹去的夏司宇。

他挪動眼珠轉向這群人，眼神比打在臉上的雨水還要刺骨、寒冷。

「在他們的其他同伙回來前，先把這裡處理掉，到時剩下的人肯定會往港口逃，如果船被他的人開走的話，你們就得游回去了。」

「不用擔心，我已經安排其他人去港口那邊監視了。」蘇亞聳肩道：「是比之前那個男人還要能夠信任的傢伙。」

夏司宇知道他說的是在港口朝他開槍的死者，不過他很懷疑這些人是不是真的那麼守信。

「老大。」賽門走過來，打斷兩人的對話，並將裝滿物品的束口袋遞給蘇亞。

蘇亞打開來確認裡面的東西後，不禁笑出聲。

「哈，這還真是大豐收。」

束口袋裡裝滿著這些死者軍人奪來的指南針，就是因為這鬼東西，害他們疲於逃命，變得這麼狼狽不堪。

「你拿一個走吧，就當作是報酬。」

蘇亞邊說邊主動拿出一個指南針，不顧夏司宇的想法，直接塞進他的口袋裡。

夏司宇對這東西根本沒有半點興趣，但他懶得把東西還回去，因為他急著回去接杜軒，一想到把他一個人留在那裡這麼久的時間，就令人不安。

當夏司宇走到杜軒躲藏的位置後，脫下外套，蓋在杜軒的頭上，並把人拉起來。

可能是淋雨的關係，杜軒的體溫有點低，夏司宇見狀便轉頭向蘇亞問道：「你們是怎麼來的？」

「騎車。偷襲我們躲的鐵皮屋的那些傢伙開來的。」

「機動組的車嗎……我騎一台走。」

蘇亞看了一眼躲在大衣底下瑟瑟發抖的杜軒，很快就點頭同意。

「這裡那麼多好東西，你不拿？」

「你們留著吧，我已經在武器庫拿過需要的東西了。」

「說起來我有收到你們發出的訊號，但那時我們正在忙所以沒辦法過去。」蘇亞看了凱一眼，「你們確實有守信用，在這種鬼地方，已經很難能遇到像你們這樣的傢伙了。」

蘇亞勾起嘴角，對夏司宇相當滿意。

接著他提議道：「正好我們這裡多出空缺，你要不要加入？」

「不管你問我幾次，我的回答永遠都不會變。」

「……如果我說，帶著那個活人一起加入也沒問題的話？」

「我對團體行動沒興趣。」

「行吧，你如果改變主意的話，隨時都可以跟我說。」

蘇亞留下幾個人處理基地之後，就帶領著夏司宇和杜軒離開，再次往港口的方向前進。

杜軒已經冷到感覺不到自己的手指，這種時候他就會深刻體會到活人與死者的差別，明明都是這樣淋著雨，但是卻只有他被剝奪體力與意識，這些死者倒是完全沒受到影響。

「撐著點，等到港口就讓你上船休息。」

夏司宇一邊說，一邊加快速度。

他們很快就下山進入市區，接著聽見山區傳來爆炸聲，樹林裡冒出大量黑煙。

不用問也知道，蘇亞的同伴是用炸毀的方式把那個基地處理掉。

杜軒被爆炸聲嚇一跳，差點鬆開抱住夏司宇的手，幸好夏司宇反應夠快，先一步抓住他，重新把他的手擺上自己的腰。

「坐穩了。」

夏司宇溫柔地低語，杜軒在疲倦的意識中，只能隱隱約約聽見這三個字。

一行人來到港口，就像蘇亞說的，已經有人在駐守。

「蘇亞。」

「高成譽。」

蘇亞很熟悉地和走過來的男人打招呼，這個人戴著眼鏡，看起來像是坐在辦公桌前的普通上班族，手裡卻拿著雙管散彈槍，感覺十分突兀。

不過他持槍的方式，並不像是不擅長。

「港口情況怎麼樣？」

「沒事，能解決的都處理掉了。」

「不愧是你，做事真有效率。」

「暴風雨應該再過一陣子就會離開，到時候海面會比較穩定，就能開船回去。」

「那可以先讓這兩個傢伙到船塢休息吧？」

蘇亞向高成譽示意夏司宇和杜軒的存在，高成譽在看到夏司宇的時候，很明顯有被嚇到，但很快就恢復平常的表情，向他點頭示意。

「行，但那個人……」

「是活人。」

此刻杜軒是活人這件事，已經沒辦法再隱藏，當然其他人也早就已經注意到這個特別顯眼的存在。

高成譽面有難色，但他不敢多嘴，因為這個活人身旁有「鬣狗」隨時盯著。

「你們先過去，讓他暖暖身體再說。」蘇亞對夏司宇說完後，示意凱跟過去，「陪著他們，別讓人打擾。」

夏司宇無所謂，就這樣先扶著杜軒走遠，而凱則是留在原地抱怨。

「欸？怎麼又是我！」凱氣得跳腳，他已經不想再幹這種工作了，「這次該換賽門了吧！老大，你們很明顯就是打算去做有趣的事，怎麼可以把我甩開！」

蘇亞一行人取得了基地的武器後，又把基地炸毀，很顯然就是向剩餘的敵人下戰帖，目的很簡單——就是要在暴風雨停歇前的這段時間，徹底把對方收拾掉。

並不是他想要趕盡殺絕，而是為了報仇。

他要讓這些人明白，殺了他的同伴會是什麼樣的後果。

「那些人殺死雪英的武器是能夠殺死死者的，這表示那些人之中有活人在，只有活人才能使用能夠殺死死者的武器。」

「這種事我當然知道，老大，所以我才更要跟著你。」凱雙手環胸，嘆了口氣，「因為我得阻止你做傻事。」

「……我看起來有那麼情緒化嗎？」

「哈！老大你開什麼玩笑呢。」凱失笑道：「你現在可是想把那個活人找出來後五馬分屍的表情，當真以為我們所有人都看不出來？」

不僅僅是凱，包括賽門在內的其他幾名同伴，全都用擔心的眼神注視著蘇亞。

蘇亞看著他們，而這副景象反而讓旁觀的高成譽忍不住笑出來。

「沒想到蘇亞你居然會被同伴們嗆。」

「這一點也不好笑。」蘇亞向高成譽抱怨，可惜沒什麼用。

高成譽兩手一攤，「你不用擔心，我會負責看好鬣狗他們，如果你是擔心那個活人的安危，我會親自去幫忙守著，不會讓其他人有機可乘，再說——我相信這裡沒人敢動鬣狗的人。」

沒錯，就算他們心裡覺得不該留著杜軒，但只要有鬣狗在，他們就什麼都不能做。

最後蘇亞也只能大口嘆氣，無奈接受事實。

「我們會在暴風雨離開前回來。」

「知道了，隨時保持連絡。」

高成譽指著掛在腰間的對講機，示意蘇亞不要和他斷掉聯繫。

蘇亞沒回應，只是舉起手揮了揮，接著就跟自己的同伴們一起離開。

在蘇亞走後，高成譽的人這才走過來，悄聲詢問：「這、這樣好嗎？」

「你是指什麼？」

「鬣狗跟……那個活人。」

他們之前和蘇亞一起行動的時候，親眼見到活人把死者殺死，所以他們不再把活人當作獵物看待，而是需要警惕的對象。

雖然不覺得活人大部分都有這種能耐，但還是會下意識留意。

「那傢伙都快被凍死了，能做什麼？」高成譽把槍管放在肩上，單手插腰，望向夏司宇和杜軒所待的船塢，「先等眼前的問題解決了再考慮其他事。」

提問的同伴仍有些不安，卻也不敢再說什麼。

幾個人摸摸鼻子回到各自的崗位，靜靜等候暴風雨離開。

第六夜

追蹤

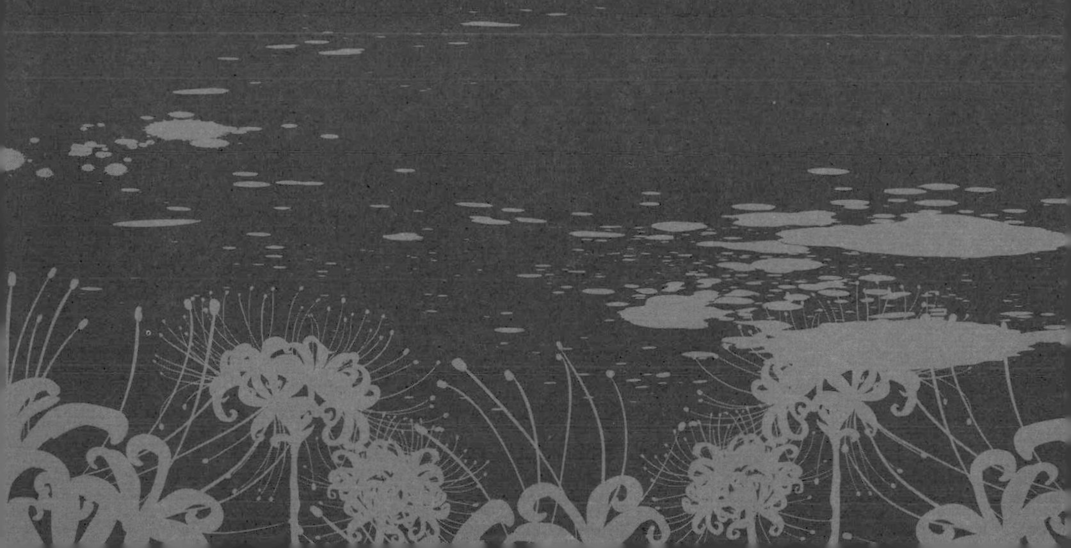

因為淋雨加上低溫，杜軒的體力很快就支撐不住，如同失去意識般陷入沉睡，等他睜開眼睛後才發現，自己已經坐在船上，而且還被夏司宇抱在懷裡。

他的手被夏司宇的掌心捧著，緊緊握住具有保溫功能的打火機。

體力還沒完全恢復，所以杜軒只是稍稍抬起頭看了夏司宇一眼，而夏司宇也很快就發現他的視線，伸出手，用掌心蓋住他的雙眼。

「再睡一下，很快就到。」

夏司宇的聲音讓他安心，身體也暖呼呼的，讓他很快就又陷入夢中。

記憶斷片不過幾秒鐘的感覺而已，但是再次醒過來的時候，他已經下了船，手裡的打火機也不知道跑去哪了。

夏司宇盤腿坐在地上，而他，仍躺在這個男人的懷裡，頭倚靠著他的胸膛，身上蓋著乾淨的黑色大衣。

此時他才注意到夏司宇跟他都已經把溼答答的衣服換掉，身體也被擦乾，只剩頭髮還有點溼。

恍神幾秒後，杜軒這才猛然驚醒，整個人狠狠地抖了一下身體。

夏司宇被他突如其來的反應嚇一跳，眨眨眼，伸手摸他的額頭確認溫度。

「沒發燒，體溫也很正常……是做噩夢了嗎？」

「呃、不……不是……」杜軒滿臉通紅，「你你你、你趁我睡著的時候……」

聽見他的提問，夏司宇這才明白他想說什麼，果斷回答：「身體不弄乾的話你會因為失溫症而死的。」

杜軒用力拍額，他知道夏司宇是好意，但在無意識的情況下被人脫光光、從頭到腳擦乾淨，讓身為成年人的他感到丟臉。

「都是男人，你還被怕看光？」

「不是這個問題好嗎，我只是覺得自己好像被當成小孩子了，很不爽。」

「虛弱的時候乖乖接受別人的照顧就好。」

「……不管怎麼說還是謝謝你。」

「嗯。」

夏司宇再次把蓋在他身上的大衣蓋好，不讓冷風接近杜軒的肌膚。

杜軒知道他們已經離開港口和大橋，因為周圍的聲音聽起來很安靜，似乎只有他們兩個人而已，這讓杜軒有些好奇在他昏睡的這段時間發生什麼事。

夏司宇就像知道他的想法一樣，緩緩將下船後的事情跟他說清楚。

「蘇亞他們要去找那扇門，那個叫高成譽的男人也是，所以下船後就各自分開了。」

「你覺得那個指南針真的能帶他們找到出口嗎？」

「……很難講，不過看那些死者搶成這樣，大概是真的吧。」

「那你是不是應該跟他們一起？這樣你就不用被困在這了。」

「我本來就不在意自己能不能離開，而且現在我只想把你照顧好。」

「哈……你真難懂。」

杜軒不明白夏司宇為什麼要這樣保護他，明明對他來說什麼好處都沒有，卻像是不求回報地陪伴在他身邊。

一方面他也覺得自己很沒用，竟然會因為夏司宇說不會丟下他不管而感到安心。

「我睡了多久？」

「以這裡的時間來算，大概三十多分鐘而已。」

「差不多該回去找大叔他們了。」

因為覺得身體好了很多，所以杜軒直接站起身，卻沒想到身體突然感到無力，整個人毫無自覺地癱軟倒下，不偏不倚地重新摔回夏司宇懷裡。

一陣尷尬。

「對……對不起……」

夏司宇嘆口氣道：「我知道你擔心他們，但現在急不得。」

杜軒發現夏司宇的口氣有點不太對勁，立刻皺緊眉頭。

「怎麼回事？」

「……附近突然出現很多死者，你隨便移動的話會有危險。」

「死者？可是我們之前明明——」

他們騎車兜風的時候，明明半個人都沒發現，為什麼現在突然冒出這麼多死者？難道是這段時間轉移過來的？

不，再怎麼想都有點奇怪，因為時機點抓得太好了。

包括橋被炸掉的時機、暴風雨的侵襲，以及現在突然大量死者湧入這個地區——若不是有某個人暗中觀察他們的話，是絕對不可能拿捏得這麼完美。

杜軒抖了一下身體，會意過來。

「該死，是那個黑影。」

他早該注意到，雖然地區不同，但這整個空間都是屬於那傢伙的地盤，無論他們轉移到什麼地方去，都沒辦法逃脫黑影人的耳目。

它吞噬「管理人」的靈魂碎片來壯大自己的能力，如今他擁有多少能力，也是他們無法掌控的，不能因為它沒有出現或是平安逃離危險，就可以放下戒心。

是他們大意了，還以為能夠找到短暫的喘息時間，實際上根本不是。

他不認為夏司宇沒有察覺到這件事，從他剛才說的話和此刻的反應來看，夏司宇可能也有注意到這個問題，所以才會這麼不慌不忙。

「難道這裡就沒有那個傢伙看不到的地方嗎？」

「有的話我們現在也不會這麼狼狽。」夏司宇將自己的黑色大衣拿起來，蓋在杜軒身上，「這裡是他的牢籠，而我們永遠都不可能逃得過他的耳目。」

「哈啊……這種煩躁的感覺有夠討厭的。」

「我已經習慣了。」

垂頭喪氣的杜軒抬起臉，啞口無言地望向面無表情的夏司宇。

說的也是，死者全都是黑影人手裡掌握的棋子，正因為能夠監視所有人，他才會讓死者們自由行動，僅僅只下達「蒐集活人靈魂就能離開這裡」的規定。

「它知道正面和我們打沒有意義，而且它還提防著徐永遠，所以才會用這麼多手法來壓迫你。」夏司宇摸摸杜軒的頭，「你和徐永遠還有梁宥時都是管理人的靈魂碎片，只要殺掉你們並吸收靈魂，它的目的就達成了，所以要阻止它，就只能保住你們的命。」

杜軒抓住夏司宇的手腕，把他的手從自己的頭頂挪開。

「這樣解決不了問題，既然那傢伙會提防徐永遠，就表示他多少還是很忌諱我們的特殊能力，徐永遠肯定知道什麼，只是沒有跟我們說。」

夏司宇眨眨眼，並沒有否定他的猜測，倒不如說他也覺得徐永遠還藏有祕密。

「我不能再躺著休息，得去找他們。」杜軒皺眉，聲音沙啞道：「……我有種不祥的預感。」

「知道了。」夏司宇把手收回後，單手抱起杜軒往屋外走。

「等──你別又這樣！」

「你不是沒力氣走路嗎？」

「就算是也不要用這種方式抱我啦！」

「沒事，你很輕。」

「我才不是在擔心體重問題！」

比起夏司宇的健壯身材，骨瘦如柴的他確實看起來軟弱無力，但被同性這樣扛著走真的讓他很沒面子。

雖說不是第一次，但不管再來幾次他都沒辦法習慣。

夏司宇無視他的抱怨，將人放在機車上。

杜軒很訝異，這台跟他們之前騎去人工島的那台很像，不知道夏司宇究竟是怎麼找到這台機車的。

「車子數量很多，不難找。」

像知道杜軒想問什麼似的，夏司宇很自然地開口，接著跨上機車，發動引擎。

「坐穩。」

簡單提醒後，下一秒杜軒就感覺到身體往後傾倒，嚇得他急忙抱住夏司宇的腰。

兩人騎著機車在馬路狂奔，沒花多少時間就已經回到之前離開的房子，然而這裡的情況遠比他們所想得還要糟糕。

房子很明顯被人暴力入侵，不但大門被踹開，玻璃碎滿地，屋內家具全都東倒西歪、砸得粉碎，牆壁上留有清楚可見的彈孔，地上滿是彈夾以及鮮血。

他們不知道這裡發生過什麼，但很顯然，當時的情況肯定不比他們在人工島遭遇的事情還要輕鬆。

「大叔他們沒事吧……」

杜軒看到這個場景，冷汗直冒，不敢相信在分開的短短幾個小時內，居然會發生這種事。

夏司宇蹲在地上，用手指輕觸血跡。

「還沒完全乾，應該是沒幾分鐘前留下來的。」

「是那些死者的血？還是說是……」杜軒很擔心，地上的血量很大，屋內到處都被鮮血染過，萬一這些血是徐永遠他們的，不就表示情況非常糟糕？

從鮮血很難判斷出對方是死者還是活人，但至少屋內沒有「屍體」。

「總之，先追上去再說，光靠這裡的情況沒辦法下任何結論。」

「……你說的對。」

夏司宇雖然說過附近死者人數增加了，但很奇怪的是，他們一路上騎過來卻沒有遇到任何人，無論是活人還是死者，都沒見到。

唯一活著的「生物」，僅僅只有站在電線杆上的小鳥。

他知道夏司宇不會隨便說謊，所以那些人肯定是因為什麼原因而離開，或者是他們因為有共同目標，所以集中在一起，而不是分散在各處。

杜軒想了想，皺緊眉頭。

看來他之前會有不祥的預感，是因為這件事。

「可以確定的是大叔他們被攻擊，不得不選擇逃走。」

「嗯，我想應該是突然被襲擊。」夏司宇從隱藏的地板夾層翻出藏好的武器，打開確認裡面的物品後，更加確定自己的猜測沒錯。

安全起見，他把武器藏匿的位置告訴戴仁佑，但是這些武器裝備卻都沒有被翻動過的痕跡，也就是說戴仁佑沒來得及準備就被迫進入交戰。

雖說沒辦法判斷鮮血的來源，可是從血量來判斷，雙方都有負傷，只是不知道嚴重性。

話雖如此，從屋內沒有半個人的情況來看，戴仁佑三人「暫時」還活著，只是無法確定他們還能撐多久。

在杜軒昏睡的這段時間，光是他發現的死者人數就已經有十多個，即便能力強，戴仁佑也不可能帶著兩個活人打過那群死者，逃跑才是最佳選擇。

夏司宇起身，轉頭對憂心忡忡的杜軒說：「走，我們追過去。」

「嗯！」

現在必須抓緊時間，趕快找到那三個人。

大概是因為擔心的關係，原本沒什麼體力的杜軒整個精神飽滿。

他穿著夏司宇的黑色大衣，還以為他們是要騎車追出去，沒想到夏司宇卻選擇爬窗離開，嚇得他趕緊跟在後面。

夏司宇的動作很快，而且非常熟悉如何尋找目標留下的痕跡，他像是能夠看見三人逃離的方向，毫不遲疑地行動。

穿過幾條街之後，杜軒已經跑到氣喘吁吁。

這時他終於體會到自己體力根本沒有完全恢復的事實。

「哈……哈哈……」

杜軒一邊喘息，一邊努力跟隨在夏司宇身後，盡量不讓自己跟他走散。

他不敢開口喊累，就怕晚個幾分鐘，就會永遠見不到他們三人。

追蹤雖然不是夏司宇的強項，但長年在森林裡進行獵捕工作的戴仁佑卻相當擅長，他就像是知道夏司宇會追過來似的，在逃跑路線上留下痕跡。

染血的掌印。

這種留下痕跡的方式，大膽到不像是戴仁佑那種老手會做的事。

戴仁佑雖然看起來大剌剌地、不修邊幅，卻不是那種不會用腦袋思考的蠢蛋。

他會這麼做的理由，只有一種可能性。

追殺他們的人能夠確定他們的位置，所以就算他沒有留下這麼明顯的痕跡，對方也能追蹤到他們，所以這些痕跡純粹只是留給他看而已。

當腦海閃過這個念頭的瞬間，夏司宇不由得皺緊眉頭。

——為什麼那些人能夠「確切」掌握他們三個人的移動路線？

「還好嗎？」夏司宇忽然停下腳步，回頭尋問杜軒的情況。

杜軒臉色仍有些蒼白，甚至滿頭大汗，但他仍硬撐著搖頭。

「我沒事，找到大叔他們了嗎？」

「方向大致可以確定，不過有個問題。」

「什、什麼？」

杜軒透過夏司宇側身後看到眼前的湍急河流後，愣在原地。

「他們三個往山裡躲了，血跡也只到這裡。」

「你說山……」杜軒抬起頭，仰望面前伸手不見五指的漆黑樹林，哈哈苦笑，「該死，我還真是跟樹林有緣。」

他想起和戴仁佑初遇就是在這樣的樹林裡，只不過當時的戴仁佑是追逐的那方，現在倒是反過來了。

「害怕嗎？」

「都什麼時候還問我這種問題。」杜軒緊抿下唇，稍微喘息後，勾起充滿自信的嘴角，「現在沒那個美國時間在這裡發呆，我們走。」

夏司宇眨眼看著杜軒，雖然是個普通人，但杜軒的膽量總是讓他覺得杜軒早就習慣這種危險的場面了。

他點點頭，將手伸向他。

「抓好，別鬆開。」

「……這是我要說的。」

杜軒苦笑著將自己的手交給他，臉上雖然沒有表現出來，但他的心可是因為緊張而跳得飛快。

就在兩人的手快要碰觸到的前一刻，湍急河流裡突然竄出披頭散髮的女人，一把拽住夏司宇的腳踝，就這樣把毫無防備的他拖進河裡。

夏司宇根本沒時間反應，回過神來自己的半個身體已經泡在河流裡，他可以感覺得到有力道正在把他往下拉，但同時岸邊也有力量正努力撐住他。

當他意識到那股力量的來源時，瞳孔裡映照出杜軒用盡全身力氣抓住他的模樣，即便體力還沒完全恢復，可是他卻像是腎上腺素大爆發，即時拉住他的手。

透過緊握的位置，他感覺到杜軒的體溫低到令人擔憂，甚至還有些顫抖，即便如此，他卻仍咬牙撐住，完全沒有要放手的意思。

「唔嗯……該死……」

「別做蠢事！快放手！」

「媽的給我閉嘴！」

夏司宇的好意，被杜軒毫不留情地吼回去。

他愣了半晌，還沒想到要怎麼保住杜軒，將他往下拽的力道突然加重。

杜軒踉蹌地往前滑行一小段距離，河水也已經觸及夏司宇的胸口。

「快鬆手，這樣下去你也會一起——」

「老子不是要你閉上嘴嗎！有力氣說話還不如想辦法爬回來！」

杜軒十分專注地拉著夏司宇，所以反射性說出口的話非常不客氣。

夏司宇又被罵回來，但是並不介意，他反而很擔心杜軒。

果然，他的擔憂很快就成真。

拉扯的力道很快就由對方占上風，手臂完全無力到顫抖的杜軒，很快就這樣一起被拉入河流。

當他瞪大雙眼看著自己摔下去的瞬間，夏司宇皺緊眉頭盯著他看，彷彿在責怪他多此一舉。

「嘖。」

耳邊傳來他好久沒聽到的煩躁咂舌聲，接著杜軒就緊閉雙眼，「唰啦」一聲摔進河中。

他感受到河水的冰冷刺骨感，但是並沒有感覺到被石頭撞擊的痛苦，反而像是被人緊緊抱住。

東撞西倒地過段時間後，他感到身體懸空，就像是從高空墜落一樣。

不到三秒，他就這樣和抱著自己的夏司宇墜落到幾百公尺深的水裡，慢慢地下沉，直到吵雜的河流聲遠去，周圍一片寧靜。

憋住氣的杜軒有些承受不住水壓，加上剛才太過突然，自己根本沒來得及吸入多少空氣，很快就忍不住從鼻子裡冒出幾顆泡泡，臉色變得鐵青。

朦朧的意識裡，他感覺到環住的手漸漸鬆開，轉而抓住他的腰快速往上浮游，就在氣快要憋不下去的時候，他的身體衝出水面。

「噗哈！」杜軒大吸一口氣，接著猛力咳嗽，喘息急促，像是要補足缺失的氧氣一樣，貪婪地呼吸著。

「咳咳咳、咳……咳咳……」

他感覺到自己被拉上岸，但缺氧的大腦還沒辦法開始思考，就先被爆炸聲嚇得止住咳嗽，渾身僵硬，無法動彈。

四肢都在顫抖，接連而來的槍砲聲讓他意識到自己出現在非常不妙的地方，可是他卻沒有勇氣抬起頭確認——直到耳邊傳來夏司宇那熟悉又溫柔的嗓音。

「不要出聲。」

一如既往的簡單命令，即便只有短短的四個字，他還是能夠從語氣裡感受到只屬於他的那份關心。

杜軒垂低眼眸，將頭往前輕輕靠過去，不偏不倚地撞進對方的懷裡。

果然只要有夏司宇在，即便身處地獄，也能將他心底的恐懼一掃而空。

夏司宇摟著杜軒，轉身將他揹起來，小心確認周圍的狀況後，快步前往不遠處的數間石頭空屋。

現在沒有辦法走太遠的距離，因為杜軒的體溫太低，不先想辦法處理的話，好不容易才暖和起來的身體又要因失溫症而苦。

他一邊脫掉杜軒的衣服，一邊找來乾淨的毯子把人團團圍住。

由於不能生火，他沒辦法靠提高溫度來暖和杜軒的身體，只能土法煉鋼地用雙手不斷搓揉、摩擦他的肌膚，想辦法維持他的體溫。

死者的體溫不足以當暖暖包，所以他只能想辦法利用打火機來恢復杜軒的體溫，但問題是他找不到打火機。

他因為丟失打火機，心稍微顫抖了一下，不過很快就被屋外的槍砲聲驚醒，重新拉回思緒。

夏司宇一邊豎直耳朵確認外面的聲響、判斷攻擊的位置與他們的距離是否安全，一邊留意杜軒的臉色，所幸在幾分鐘的努力後，杜軒終於睜開眼睛。

兩人對視的瞬間，夏司宇鬆口氣，懸著的心總算能放下。

杜軒緩緩張開嘴巴，開口就先爆粗話，看樣子是在宣洩內心的不滿。

老實說夏司宇也很想罵，不過聽到杜軒罵之後他心情就好了許多。

長篇大「罵」後，舒心的杜軒才再次看向夏司宇。

他的臉上掛著三條線，「把你拖下水的東西……沒看錯的話好像有點眼熟？」

雖說只有一瞬間，不過那麼可怕的景象他想忘也忘不了。

「這是第二次被那東西拖下水。」夏司宇冷靜地回答，身為被拽住腳的第一受害者，他倒是看起來不怎麼在意。

「那女鬼絕對是臭黑影找來的！絕對是想阻止我們跟大叔會合！」

「你剛才不該拉住我，這樣太危險。」

「怎麼還在抱怨這件事？」杜軒咬牙切齒地說：「好了！你再抱怨我就跟你翻臉！」

夏司宇輕輕扯動嘴角，看起來是在笑，但實際上不過是嘴皮往上挪動幾公分而已，看在杜軒眼裡根本不像是笑容。

「你這種活人真的完全就是稀有動物。」

「是啊是啊，快滅絕了，所以你得好好顧著我才行。」

「當然。」

夏司宇回答完之後，稍稍用力抱緊他。

這姿勢讓人怪尷尬的，不過現在是非常時期，杜軒也沒力氣反抗。

他知道夏司宇是為了替他取暖，他做的一切都是為了他，所以在看到夏司宇被拖下水的瞬間，他什麼都沒想，反射性就把手伸出去。

當然他也不可否認，當時如果只有夏司宇被帶走，只剩他一個人的話百分之百活不下去，所以在兩者權衡後，他才會這麼做。

即便知道自己是在找藉口解釋剛才的行為，但杜軒心裡還是再清楚不過——他已經在不知不覺中將夏司宇的存在看得如此重要。

他從未在這個空間裡待這麼長時間，也知道自己必須離開才行，所以絕對不會對在這裡遇到的任何人給予過度的關心以及信任，可這些原則，全都在遇見夏司宇之後一個個被打破。

老實說，他自己也不清楚現在的他究竟在想些什麼。

和夏司宇互相幫助這種事，似乎已經成為一種戒不掉的習慣。

明明他的個性不是這樣的。

砰一聲巨響，拉回杜軒的注意力。

他嚇一跳的反應，全看在夏司宇的眼裡。

將杜軒裹得更緊後，夏司宇低聲道：「這個地方我沒來過，所以不太清楚，但很肯定不是之前那個地方。」

「哈……又換到新的地區？」杜軒苦哈哈地說：「這樣我們不就完全跟大叔他們分開了嗎？」

「戴仁佑不會有事……應該吧。」

「那徐永遠和梁宥時呢？」杜軒朝他投以無奈的目光，「徐永遠就算了，梁宥時可是相當好對付的目標，要是他的靈魂被黑影吸收的話——」

「你最好先擔心自己。」夏司宇打斷他的抱怨，蹙緊眉頭，不是很高興的樣子，「你不是不在乎其他人的死活？為什麼偏偏對那個人那麼上心？」

「因為我們是同類。」杜軒不懂他在氣什麼，嘆口氣繼續說明自己的理由，「我們這些擁有特殊能力的人是那傢伙的目標，等到他把靈魂碎片全都蒐集完之後，就百分之百離開不了這個鬼地方了吧？所以我們要想辦法轉守為攻。」

「所以你才急著要找回能力？」

「是啊。」說到這件事，又讓杜軒不禁苦惱地自言自語起來，「明明最近好不容易找回一點感覺，卻又差了什麼，感覺超讓人煩躁的。」

夏司宇沒辦法理解杜軒的感受，但從他的隻字片語，可以感受到他很不耐煩。

「找回能力這件事恐怕得延後，這個地方可能比其他地方還要危險。」

「啊？真假？該不會又有怪物？」

「……比怪物還要棘手。」夏司宇鎖緊眉頭，「因為這裡是戰場。」

「你說的戰場該不會是……」

「就是真槍實彈，沒在跟你開玩笑的那個地方。」

「為什麼你能那麼肯定？」

「我是上過戰場的軍人，雖說已經是很久之前的事，但只要你體驗過一次，就絕對不會忘記那種感覺。」

夏司宇都說到這個份上，杜軒也沒辦法再瞞騙自己，乖乖接受事實。

「話雖如此，我還是覺得這個地方有點不太對勁。」

「不對勁是指什麼？」

「從那些槍砲聲聽起來，並不像是兩方陣營在戰鬥的樣子，反而像是在跟某個固定目標戰鬥。」

「嗚哇，你連這都聽得出來？」

「如果是雙方的話，那些聲音的位置會從不同方向傳出，開槍的節奏也不會有停歇期。」

夏司宇光從聲音，就可以做出這些判斷，簡直就像是親眼目睹戰場的人。

杜軒知道這男人很強，但沒想到來到熟悉的戰場後，居然會厲害到有點變態的地步。

「你應該能走吧？」

「可、可以。」

「那我們轉移位置，至少要遠離這裡。」

夏司宇才剛說完，突然間，他們隔壁的另一間石屋被直射過來的導彈炸毀。爆風橫掃而過，地面劇烈震動，如同身處於震央附近的位置。

杜軒沒辦法站穩腳步，搖搖晃晃地跌坐在地，夏司宇則是單膝跪地，用身體替杜軒擋住從窗戶吹進來的塵沙。

空氣裡充滿沙子和灰塵，吸入肺部都讓人有種被砂紙磨過的不適感，杜軒雖然摀住口鼻，但還是吸入了些許，導致不停咳嗽。

等震動停止後，夏司宇連喘息時間都不給，直接拉著杜軒跑出石屋。

他不是往反方向逃，而是往剛才被炸毀的那棟石屋奔跑。

才剛離開沒多久，兩顆導彈又射過來，將他們剛才躲藏的石屋炸毀。

夏司宇用力將杜軒扯進懷裡，千鈞一髮之際帶著他躲到旁邊的大石頭後面。

導彈打過來，就像是全世界都在震動，耳膜被巨響震得嗡嗡作響，即便已經拉開距離，仍能夠感受到爆炸的衝擊力道。

這種感覺就像是連讓他們躲藏的大石頭都要被震碎一樣可怕。

幸好在這三顆導彈之後就沒有其他攻擊了，然而這區石屋也被夷為平地。

在空曠的戰場上，沒有遮蔽物是非常危險的，孤立無援的兩人只能想辦法轉移位置，至少不能再繼續待在這裡。

「還好嗎？」

「哈……我、我也不太確定……」

杜軒無法控制自己，雙手和腿都在顫抖，就算他在心裡努力想讓它停止，也沒有辦法。

夏司宇看著杜軒蒼白的臉色，將穿在他身上的那件黑色大衣用力裹住他的身體。粗糙厚實的手掌，緊緊抓住那隻冰冷顫抖的手。

他抬頭看了看周圍，不知道是不是該慶幸，至少這裡不像之前幾個地方，天空黑漆漆的，沒有任何光線。

已經不知道有多久沒見到白晝，像這樣感受陽光落在身上的感覺，真的久違了。

「我們要去哪才好？」

杜軒仰頭盯著夏司宇。

夏司宇看著他脆弱的模樣，嘆了一口氣。

還沒來得及回答，他先聽見了從沙地裡傳來的腳步聲。

那是軍靴重踩在沙子裡的聲音，雖然很小，但是他聽得一清二楚。

腳步聲很快接近他們躲藏的大石頭附近，夏司宇立刻將杜軒的身體壓低，先讓他躲好後，側眼看過去。

是一群裝備齊全的軍隊小組，他們的穿著打扮，很明顯就是因應砂地戰場而準備的，而那些裝備對夏司宇來說，熟悉得不行。

不過，現在他並沒有多餘的時間懷念。

他算好這些人的位置以及人數後，看了杜軒一眼，隨即便迅速溜過去。

五個人，他應付得來。

夏司宇自信十足地出現在最後方的軍人身後，直接用強壯的手臂圈住對方，「喀」的一聲將對方的頸部扭斷。

因為很突然，加上沒有聲音和距離的關係，其餘四人並沒有發現異樣，仍在炸毀的石屋區域搜索。

夏司宇繼續偷襲，將分開的人一個個用同樣的方式殺死，但在攻擊到第三個人的時候，另外兩名軍人終於發現狀況不對，同時轉過身。

他們一見到夏司宇便立刻開槍，連續不停歇的射擊讓夏司宇只能用挾持的人作為盾牌，但這樣下去不是辦法，因為這兩名軍人邊開槍邊慢慢朝他前進，他若不走就會被抓住。

眼看周圍也沒有可以撤退的路線，夏司宇十分苦惱地咬牙。

就在他做出要跟對方硬碰硬的決定時，其中一個人的臉上出現紅點，接著便是連續射擊，直接將那張臉射爛。

而另外一名軍人則是在發現有其他人的時候，立刻把槍口對準剛才子彈射過來的方向，看了一眼後就想要往旁邊的房屋殘骸躲過去。

只可惜，他才剛轉頭就被橫掃過來的槍托直接擊中臉頰，瞬間腦袋暈眩，倒在地上。

他脆弱地在地上掙扎，然而當他抬起頭來的時候，卻只看見留著一頭長髮的美麗面孔，對著他輕輕露出微笑。

下一秒，他的眉心被槍口貼住，毫不留情地直接射殺。

「哇賽，連眼睛都不眨，像你這種人才是最可怕的。」

悠悠哉哉地扛著剛才用來做為球棒打擊的長槍，滿臉鬍渣的男人走過來，並輕拍夏司宇的肩膀，「好久不見啦，沒想到我有天也能救下鬣狗的命。」

夏司宇抬眸，面對這兩個突然出現在眼前的熟人感到吃驚。

接著他聽見從石頭後面跑出來的杜軒大聲喊道：「大叔！徐永遠？你們……怎麼會在這？」

戴仁佑和徐永遠互看一眼，接著露出無可奈何的笑容。

這件事真的說來話長。

第七夜

襲擊

在夏司宇跟杜軒兩個人悄悄離開房子沒多久之後，戴仁佑就醒過來了。

他很肯定夏司宇知道自己沒有熟睡，所以才會連一句話都沒說，直接和杜軒兩個人到外面去觀光旅遊。

這兩個人也未免太自由自在，連出門都不揪，害他現在感覺就像是爸媽不在家的時候在家看孩子的保母，明明他還把那兩個人當朋友看待的說。

他搔搔頭盯著二樓樓梯，打個哈欠後再次躺回沙發。

行，把他當成免費勞工是吧？那他就罷工給他們看！

反正他本來就不打算跟這些人一起行動，只是湊巧碰見而已。

戴仁佑不斷在心裡抱怨，秒睡體質的他，沒過幾秒鐘就帶著滿腹怨念重回夢鄉。

再次醒來的時候，並不是因為睡飽了的關係，而是被徐永遠一掌拍醒。

「哪個不要命的混帳敢打老——」

他才剛放聲大叫，話都還沒說完就被徐永遠摀住嘴，害他呼出去的氣來不及收回，差點缺氧、喘不過氣。

徐永遠冷冷地盯著他，沒有說話，而是將食指貼在嘴唇上，示意他安靜。

戴仁佑脾氣可沒那麼好，他氣急敗壞地甩開徐永遠的手。

行，不讓他開口是吧！他就在腦袋裡不斷咒罵這傢伙！

徐永遠讀出戴仁佑的想法，但是卻沒有任何反應，反而拍拍身旁的梁宥時，要他躲到樓梯底下的隔間去。

梁宥時臉色鐵青，二話不說立刻躲起來，只剩滿臉困惑的戴仁佑和提高警覺的徐永遠。

戴仁佑才剛想問他臉色為什麼這麼糟糕，就聽見屋外的吵雜聲。大部分是腳步聲，聽起來人數很多，而且不知道為什麼，全都急促地往這裡趕過來。

正當他思考的時候，屋外的草皮突然進入交火狀態，槍口蹦出的火光清晰可見，同時也讓戴仁佑確定現在這狀況不是開玩笑的。

「別讓那些傢伙搶先！」

「是我們先發現的！」

「他媽的誰還管你這麼多！」

外面爭論聲不斷，慶幸的是屋內似乎沒有受到影響，目前的戰火只是在外面——才剛這樣想，下一秒戴仁佑就發現自己大錯特錯。

悄聲逼近身後的影子高舉起球棒，狠狠往徐永遠的後腦勺打下去。

在他舉起球棒的瞬間，戴仁佑就已經先看到對方的動作，當下沒有想太多，直接撲過去壓在徐永遠身上。

球棒沒有打到徐永遠，而是狠狠敲在戴仁佑的肩胛骨上面。

戴仁佑痛到罵髒話，對方似乎沒有想到會失敗，短短恍神幾秒鐘的時間就被戴仁佑奪走手中的球棒，並用握住的地方垂直打向他的鼻梁。

咔嚓一聲，骨頭斷裂的脆響與大量濺灑的鮮血後，對方倒地不起。

隨即廚房方向的後門被人踹開，一大群人湧入屋內。

他們看到戴仁佑和徐永遠就二話不說開始攻擊，每個人都殺紅了眼。

而這些人，全都是死者。

死者雖然不是全部都擅長戰鬥，但人數這麼多，打起來還是有難度。

戴仁佑把球棒遞給徐永遠，伸手想要拿起放在沙發旁的獵槍，沒想到旁邊竄出的人先一步把他的槍奪走。

眼睜睜看著自己撲空的下個瞬間，立即蹲低，他的直覺是正確的，奪到槍的男人立刻就將槍口對準他，並扣下板機。

砰。

子彈從他的頭頂飛過，戴仁佑順勢加重雙腿的力道，像個彈簧似的蹲低後起身撲進對方腹部，以蠻力將人壓倒在地後，順利奪回自己的獵槍。

右手才剛握住武器，左肩就被人從側邊射擊。

子彈貫穿他的肩膀，大量鮮血灑在地上，戴仁佑頓了一下，還沒來得及對付朝他開槍的人，被他跨坐在身下的男人就朝他的下巴揮拳。

幸虧戴仁佑閃得快，向後縮起脖子，反手握住獵槍當成棍棒，直接敲爛男人的腦袋，接著將槍轉半圈，交至左手，單手朝向他開槍的男人扣下板機。

對方的腦袋被貫穿，因為距離不遠的關係，子彈貫穿的傷口周圍被削成肉末，導致中彈的位置看起來就像是煙火般炸開。

對方倒下，躺地的男人也沒了反應。

以這毀損程度，一時半刻這傢伙是復活不了了，可是打倒兩個人，就有十個人湧入屋內，想要以少搏多根本就是天方夜譚。

「嘖！」

戴仁佑起身，衝向被死者包圍的徐永遠。

眼前敵人太多，徐永遠的能力發動不了，現在也臨時找不到能夠控制的怪物，他只能獨自苦撐，直到戴仁佑出現。

戴仁佑用他強而有力的手臂將人一個個打倒後，強行把徐永遠拉出來，兩人原本打算往樓梯方向過去，把躲在裡面的梁宥時一起帶走，沒想到正好看見有個死者強行破壞樓梯下方的小門，像在找東西般瘋狂搜刮。

兩人原先很擔心躲在裡面的梁宥時，直到他們發現情況不太對。

梁宥時似乎不在裡面，要是他在的話，早就被拖出來了。

讓他們感到困惑的時間只有短短幾秒，因為有更多人衝了進來。

這些人並不完全只攻擊他們，也在互相鬥毆，而屋內被強制破壞，就像遭小偷一樣被這些人毫不留情地翻箱倒櫃搜索。

戴仁佑意識到這些人在找東西，雖然不清楚是什麼，但肯定是個絕妙道具之類的，否則這些死者不會發瘋似的破壞、互相搶奪。

兩人退至樓梯旁的廁所位置，試圖尋找出路，可是到處都是人，根本沒有空隙，而且現在隨便衝進去的話，也會被當成目標攻擊，倒是像現在這樣貼牆站著還比較安全。

就在這時，他們背對的廁所門突然打開，從裡面伸出手，強行將他們同時往後拉過去。

戴仁佑和徐永遠摔進去之後，才發現是梁宥時拉的，梁宥時在把他們帶進來之後慌慌張張地把門關上。

他額頭還留有汗水，身體也還在因為剛才的混亂而不安地搓手，但看起來沒有受傷，只是有些受到驚嚇而已。

「你怎麼……」戴仁佑一臉吃驚，反倒是徐永遠不是很訝異。

他起身對梁宥時說：「你能自由控制能力了？」

梁宥時緊抿雙唇，喉嚨有些顫抖地回答：「好……好像可以，不過似乎沒有辦法打開很遠距離的門，和之前的感覺不太一樣。」

徐永遠聽到他這麼說，摸著下巴思考，「這麼看來，你發動能力的方式比較偏向於緊急狀態。」

而戴仁佑聽見梁宥時說的話之後，轉身走到窗邊觀察。

就像梁宥時說的，他們離原本的屋子並沒有很遠，大約只有兩棟房的距離，光從這邊就能清楚看見那些瘋狂鑽入屋內的死者。

不過他也發現那些人突然改變方向，往他們這邊過來。

「……有什麼話之後再說，先離開這裡。」

戴仁佑扛起梁宥時，並催促徐永遠。

他們從後門離開，往充滿樹林的山區前進。

戴仁佑意識到那些死者貌似能夠定位他們，即便沒被看見，仍緊緊跟在後面，甩也甩不掉。

既然如此，他就乾脆大膽地沿路做記號，雖說不確定夏司宇會不會來找他們，但以防萬一，還是先把他們的位置告訴他們比較好。

杜軒可能不會發現，但如果是夏司宇的話，絕對能夠意識到。

在進入山區後，他們並沒有放慢腳步，小心翼翼地橫渡低水位的河流，打算到對面去找個地方藏起來。

若那些死者真能夠定位他們的位置，那麼最好是不要在平地行動，而是選擇到有高低落差的區域會比較好。

雖然戴仁佑不知道為什麼那些死者要追著他們跑，明明看上去是想從那間房子裡搜括某種東西，那群人的行為，讓他越來越感到困惑。

「你說要利用高低差來躲避定位追蹤，有用嗎？」

徐永遠有些不信任地看著戴仁佑。

站在河流中央石頭上的戴仁佑朝他伸出手，把徐永遠拉過去之後回答：「因為有點事情想確認。」

「確認？這是什麼意思。」

「追蹤器有兩種，一種是只能定位方向，一種則是能分辯高低落差的精密儀器，這個地方能用的追蹤器大多只有前面那種，也是那些傢伙持有的追蹤器類型，所以利用高低差來混淆是最保險的。」

「聽上去你很確定，難道不怕自己賭錯？」

「因為那些傢伙在搜索房子的時候，無論一二樓都沒放過，全部都搜索過，所以我才會猜測他們使用的追蹤器沒辦法判斷目標的高低落差。」

「……我還以為你只是個頹廢的傻大個。」

「喂喂喂，別小看我行不行？」

戴仁佑苦笑，他知道自己不被徐永遠放在眼裡，不過夏司宇和杜軒可不像他這樣小看自己。

雖說他和那兩個人也稱不上是伙伴或朋友這類的關係，但跟他們一起行動，遠比以往的狩獵都要來得有趣許多。

就在兩人站在石頭上閒聊的時候，被戴仁佑扛在肩上的梁宥時突然聽見山裡有什麼聲響，瞇起眼仔細盯著看。

當他發現聲音來源是大量水流的瞬間，大叫出聲：「快、快走！水來了！」

聽見提醒的戴仁佑和徐永遠立刻回神，戴仁佑拽住徐永遠的手，用盡全身力氣將他和梁宥時兩個人往岸邊扔過去。

梁宥時和徐永遠摔倒在地，還沒來得及喊疼，一抬頭就看見沒多少水量的河流突然被湍急的水流淹沒，水量多到溢出，將他們兩人的衣服打溼，可是他們在意的並不是自己，而是消失在大石頭上的戴仁佑。

「大叔！」

兩人同時驚呼，急忙沿著下游的方向找過去，但怎麼樣都看不到戴仁佑的身影。

他們怎麼樣也沒想到，戴仁佑竟然會為了保護他們而被水流捲走！

然而，所有注意力都放在戴仁佑身上的兩人，卻沒有注意到從背後逼近的危險。

「哇啊！」

直到聽見梁宥時的慘叫聲，徐永遠才意識到情況不對。

他猛然回頭，卻發現跑在身後的梁宥時消失不見。

徐永遠不快地咂舌，保險起見啟動能力，留意周圍情況。

可是使用能力的瞬間，尖銳的說話聲，以及像是用指甲狠狠刮過黑板的刺耳聲直接穿過耳膜，讓他的大腦疼痛到不行。

他不知道自己該去聽什麼，也不知道那些說話聲究竟說了些什麼內容。

耳朵裡有溫熱的液體流出來，同時拉回徐永遠的思緒。

他立刻解除能力，這時他才發現自己瞳孔放大，並張大嘴巴不停喘息。豆大的汗水沿著臉頰從下巴滴落，耳朵一陣陣刺痛，仍嗡嗡作響，暫時聽不太到附近的聲音。

徐永遠用手指輕輕碰觸從耳廓裡流出的液體，放在眼前看。

是血。

怪不得痛到連聽覺都受損。

恍惚之際，徐永遠似乎看到眼前有黑影晃動。

他抬起頭，朦朧的視線裡出現一張披頭散髮的女人臉孔。

那張臉沒有五官，貼著他的距離近到快要撞到鼻尖。

徐永遠猛然回神，然而對方卻沒有給他反應的時間，用那雙不符合身體比例的細長手臂緊緊捆住他，接著就這樣抱著他跳入河流中。

血跡最後只停留在湍急河流邊的位置，而那些追在後頭的死者們也同時失去了追蹤目標。

就像他們要找的東西，憑空消失了一樣。

／

倒抽口氣，從斷片的狀態中突然驚醒過來的徐永遠，發現自己正躺在地上。

他搖頭晃腦地撐起身體，明明印象中他被那個女人拉入了河流，可是身體沒溼，也沒有被水嗆到的難受感。

身體還有些乏力，但他沒時間休息，想盡快確認自己的位置和現在的情況。

原本打算使用能力先探索周圍的情況，可是每當他使用能力的同時，耳朵痛得像是有人拿刀在裡面狂割，痛到他只能選擇放棄。

「哈啊……倒楣透頂。」

還以為終於有能夠一起行動的同類，所以當他找到梁宥時和杜軒的時候，實在太過開心，尤其是杜軒，總讓他有種能夠反抗黑影的錯覺。

一個人單獨行動的日子太長，雖說很方便但他很清楚這樣並不是長久之計。

得在變得只剩下他一個人之前，盡可能找到辦法逃離這裡才行——明明他是這樣想的，所以才迫切地想要找出能夠殺死黑影的辦法。

昏過去之前見到的女人，百分之百是黑影派來的，也就是說那傢伙仍在暗中監視他們，根本沒有離開過。

那麼，那些死者也是因為這樣才對他們窮追不捨的嗎？

「哦？你醒來的速度比我想得還快。」

從那扇沒有門的入口走進來的，是戴仁佑。

他拿著水袋，裸著上半身，看起來就像是原本住在這裡的屠夫。

徐永遠沒想過見到這個人，自己居然會這麼開心，但是當他抬起頭來想跟戴仁佑說話的時候，目光立刻就被他身上的多處瘀青嚇到，有些傷口甚至還在流血。

「你、你的身體……」

「我沒事。」戴仁佑看到他臉色鐵青，便搔搔頭，若無其事地將水袋扔給他，「先喝點水，你的喉嚨應該很乾吧？說起話來有氣無力的。」

徐永遠抿著唇，原本並不想喝的，但是當清水滑入喉嚨的時候，他又突然大口猛喝，這時他才意識到自己有多渴。

戴仁佑坐在旁邊的椅子上，將雙手臂放在自己的大腿上，身體稍稍前傾，盯著徐永遠猛喝水的模樣。

「在那之後發生了什麼？」

「……什麼意思？」

喝光水袋裡的水之後，徐永遠用手背擦擦嘴角，皺緊眉頭，不太明白戴仁佑想問什麼。

「我把你跟那小子扔上岸了吧！雖然這樣說有點臭屁，但我對自己的臂力很有信心，應該沒把你們捲進來才對。」

被河水捲走的人只有他，梁宥時和徐永遠照道理來說是平安無事的。

但是當他醒過來、看見徐永遠躺在自己旁邊的時候，不知道有多驚訝。

要不是水流主動過來把他們捲走，就是有人把他們推下河。

「你們倆都被捲進來的話，我保護你們不就沒意義了嗎？」

「我是被黑影派來的怪物拽下去的，梁宥時的話……我不知道。」

「什麼叫做你不知道？你們不是待在一起？」

「我們那時候沿著河岸跑，他跑在我身後，等我回過神來的時候他已經不見了。」

「哈、真是……」戴仁佑使力搔頭，看上去真的很苦惱，「我不在就變這樣會不會太誇張？那我在水裡被當成乒乓球推來撞去不就沒意義了嗎？」

徐永遠聽到他說的話，再看看他的身體，大概想像得出來發生了什麼事。

戴仁佑嘆口氣後，又重新和他對視，並指指自己的耳朵。

「你的耳朵沒事嗎？因為流滿多血的，我還以為你會聾掉。」

「……聽力倒是沒受多少影響。」

他沒把自己暫時無法使用能力的事情說出來，然而戴仁佑卻比他想得還要敏感，察覺出他想隱瞞的事實，但也沒開口戳破。

徐永遠說了聽力「倒是」沒受到影響，也就是說受影響的是他的特殊能力。

戴仁佑摸摸下巴，他原本以為能利用徐永遠的能力好好探測周圍，看樣子只能作罷，用最復古的方法搞清楚這裡是哪。

「你只有見到我，沒看到梁宥時？」

「對，後來我還有去那附近找，但沒見到人。」戴仁佑邊說邊垂下眼簾，面色凝重地說：「比起他應該先擔心我們兩個，因為這裡不是什麼好地方。」

徐永遠一臉狐疑，不懂戴仁佑的意思，直到他聽見外面傳來爆炸巨響。

他臉色大變，趕緊起身跑向窗邊，清楚看見不遠處揚起的灰色塵埃與火光。

爆炸並不只有一次，接二連三在同個地方爆炸，雖然離這裡有段距離，但並不是能夠讓人安心的位置。

「……這裡是什麼鬼地方？」

「哈，我也不知道。」戴仁佑無奈地看著爆炸，「不過看起來挺像戰場的。」

「戰場？」

「就是拿砲彈互K的那種。」

「我知道這兩個字是什麼意思，只是不懂為什麼會跑到這裡來。」

明亮的天空，很顯然和他以往待過的區域有很大的不同，他到過很多地方，但從沒見過有被太陽照耀的地區。

徐永遠的心裡，突然產生一絲不安。

「我們……要儘快離開這。」

「確實，這裡不像是之前到過的幾個地方，我也覺得不能久留。」戴仁佑起身，將晒在旁邊的衣服拿起來穿好，揹起獵槍，回頭對徐永遠說：「走吧搭檔。」

「誰是你搭檔了。」

「還真傲氣，反正現在也就我們兩個人而已，你不當我搭檔誰當？」

「我可沒想過要和死者交朋友。」

「有什麼關係？夏司宇和杜軒不就相處得好好的？」戴仁佑雙手環胸，咧嘴笑道：「我們來學學他們怎麼樣？」

徐永遠冷眼看著那張鬍渣臉，不以為意地哼了一聲。

他沒有回答，而是將水袋塞回戴仁佑懷裡後，獨自走出去。

戴仁佑無奈聳肩，要是夏司宇在的話，他還真想問問和活人相處有什麼訣竅。

／

戴仁佑和徐永遠兩人雖說是臨時組成的搭檔，但意外地合拍。

原本戴仁佑以為徐永遠是需要保護的對象，後來他發現自己大錯特錯，這個男人根本不需要他保護，因為他下起手來比死者還要凶狠。

啪。

棍棒掃過男人的側臉，對方應聲倒地，頭破血流，可想而知下手的力道有多重，連戴仁佑都忍不住可憐對方的遭遇。

徐永遠把人打暈後，撿起對方的槍，乾脆俐落地確認槍管、子彈，像是很熟悉槍枝的使用方式。

在確認這把衝鋒槍能用後，他回頭看著悠悠哉哉的戴仁佑。

「你要浪費時間站在那發呆嗎？」

「只是覺得不需要我出手，你自己就應付得來。」

「說要做搭檔的人是你，但你的態度真的完全不像是要跟我一起行動的樣子。」

戴仁佑聳肩，「我這不正在替你把風？」

「就只是站在那也叫把風？」

「喂，你別老是雞蛋裡挑骨頭，我作為死者，經驗比你豐富好嗎？」

徐永遠聽到他說的話，眨眨眼睛後，嘆了口氣。

「行了，就當是這樣。」

「你那語氣真讓人不爽，明明對待杜軒和那小子的時候很溫柔的。」

「我只對同類好。」

「好好好，你說得算。」

戴仁佑實在懶得跟他辯論，這麼做只是在自討苦吃。

他走進帳篷，和徐永遠搜索後確認了一件事，這裡是軍人紮營的基地。無線電、武器、補給品等等，全都是軍用等級，感覺就像是來到戰場，然而這個發現對他們兩個來說並不是什麼好消息，反倒確定這個地方的危險性。

「我們是轉移到戰場上了？但感覺有點奇怪。」戴仁佑搜括了需要的物品後，把小型通訊器扔給徐永遠，「你的耳朵還在痛吧？那東西給你，有什麼狀況你就直接跟我講就好，我會盡量協助你。」

徐永遠真心覺得戴仁佑是個奇怪的死者，雖然這個人老是在嘮叨，但偶爾又像個老媽子似的關心他人。

雖說和夏司宇保護杜軒的方式不同，不過戴仁佑給他的感覺，卻和夏司宇有點相似，果然是物以類聚……嗎？

他不習慣被死者保護，因為一直以來他都是靠自己獨立扛下所有危險，原以為他只能信任同類，沒想到自己竟然還會和同類之外的人一起行動。

「你跟夏司宇還真不像死者。」

「確實，我在遇到那兩個傢伙之前，心態和一般的死者差不多，反正我本來就很喜歡狩獵，對我來說獵殺人跟動物都是差不多的感覺。」

戴仁佑重新裝填子彈後，起身看向徐永遠，並勾起嘴角。

「不過那樣的日子有些乏味，和他們一起行動，雖然變得很麻煩，不過還是挺有趣的。」戴仁佑像個調皮的孩子般，笑嘻嘻地說：「反正我死不了，所以怎麼玩都沒差。」

「所以你之前才會選擇讓自己被水流捲走，保護我跟梁宥時？」

戴仁佑先是停頓半秒，接著才用吊兒郎當的態度回答：「……誰叫你們這些活人那麼脆弱，簡簡單單就會死掉。」

從這句話裡，徐永遠聽不出他的真心。

無論是他們還是死者，全都是被黑影人囚禁在這裡的受害者，如果說他們不是敵人而是同伴的話——

思考僅止於此，徐永遠不願意再繼續想下去，因為沒有意義。

面對人類的貪欲與求生意志，怎麼可能奢望死者和活人能夠好好相處？

大概是因為一直和夏司宇跟杜軒待在一起的關係吧，他竟然會覺得這種可笑的想法是可行的。

「你剛才說轉移到戰場有點奇怪這件事，我認同。」徐永遠主動轉移話題，和戴仁佑討論目前的情況，「光是這附近，就已經有三個軍營，數量有點太多。」

「而且也不合理。」戴仁佑攤手道：「不過我會懷疑的原因，並不是因為這點。」

「……是因為這裡的『人』，對吧？」

「沒錯。」戴仁佑毫不留情地一腳踩在倒地的軍人屁股上，「我剛開始還以為這些傢伙也是死者，但很顯然並不是。雖說殺起來的手感和活人有點類似……咳，不要瞪我，我只是老實說。」

「我這是反射行為。」

徐永遠笑迷迷地回答，可是戴仁佑卻一點都感覺不到他的「善意」，倒覺得有點像是被人用刀抵著喉嚨。

雖然有些尷尬，但戴仁佑還是選擇繼續說下去。

「這些傢伙不是死者也不是活人。」

「看樣子是沒錯。」徐永遠摸著下巴思考，「我從來沒見過這種事，難道跟這裡呈現白天的原因有關？」

「不管怎麼說，把我們帶過來的肯定是背後主使者，也就是把我們這些死者玩弄在手掌心裡的傢伙。」

戴仁佑並不知道「管理人」的事，不過畢竟也是見過黑影人的，徐永遠認為沒有必要對他隱瞞這件事。

於是他趁這個機會，把黑影人和管理人的事情告訴了戴仁佑。

就當是對信任戴仁佑踏出的第一步吧。

聽完徐永遠說的話，戴仁佑並沒有半點懷疑，反倒是有種恍然大悟的感覺。

「哇！你們還真機車，這麼重要的事居然瞞著我！我還以為那東西只是有點強的怪物！」

「你也親眼見過那東西的力量不是嗎？能做到那種程度，不可能是單純的怪物。」

「欸，被你這樣一說反而讓我覺得自己好愚蠢。」戴仁佑煩躁地搔頭，「不過這樣我就能明白為什麼你們老是會被針對了。」

「現在有沒有覺得跟我們混是件麻煩事？」

「這倒沒有。」戴仁佑不但秒答，還一臉不在乎地說：「我倒是覺得挺有趣的，整個聽起來比追在活人屁股後面，搜集什麼鬼靈魂來得好玩。」

徐永遠果然沒辦法理解這個男人的想法，有人會在聽到這些話之後，用閃閃發光的眼神露出期待的表情嗎？

「果然是物以類聚。」

「什麼意思啊你。」戴仁佑抱怨道：「我才不想跟你物以類聚。」

徐永遠突然有種想扁人的衝動，不過他還是努力忍下來。

「我們繼續前進吧，得找到梁宥時，他一個人單獨行動太危險，我不放心。」

「行！走走走，要是遇到敵人的話，那傢伙肯定撐不了三分鐘就會掛掉。」

戴仁佑揹起包包，邁出步伐，和徐永遠並肩同行。

而在那之後，兩人怎麼樣也沒想到會在找尋梁宥時的路途上，先遇到陷入危險的夏司宇跟杜軒。

眼看兩人陷入危機，他們二話不說，立刻出手幫忙，不過合作無間的行為似乎讓杜軒嚇得不輕。

在兩人說明自己的遭遇後，夏司宇和杜軒互看彼此，接著將人工島上發生的事情一五一十告訴他們。

「指引出口的指南針？」徐永遠在聽到這個物品的存在後，想了想，突然有種不太妙的猜測，「……這全都是黑影一手策劃的。」

「什麼意思？」

杜軒困惑地皺眉，直到聽完徐永遠的解釋才慢慢鬆開緊蹙的眉頭。

「你不覺得奇怪嗎？死者的情報來源都是黑影那傢伙給的，所以指南針的事肯定也是他故意放話，讓那些死者知道，但這個地方本來就沒有出口，根本不可能找到什麼『能夠逃脫這裡的門』。」

「這麼說……也對。」

因為太久沒有接觸，加上這段時間發生太多事情，所以杜軒差點忘了一件最重要的事——那就是只有活人才能穿過「門」離開這個空間的事實。

另外，黑影人也不像會兌現諾言，真的造出能讓死者離開的「門」。

「你覺得指南針指出來的真正『目標』是什麼？」徐永遠邊說邊豎起食指，和杜軒來個你問我答。

杜軒並不笨，加上徐永遠他們那邊發生的情況，很快就能猜出事實的輪廓。

「……是你們？不，是梁宥時吧。」

「你果然很聰明，一點就通。」徐永遠收起笑容，嚴肅道：「沒錯，這樣的話就能理解為什麼那些死者會突然闖入我們的屋子，還一直追在後面。」

黑影人想要先處理掉有麻煩能力的梁宥時，所以才會策劃這整件事，如此一來他就不用出手，甚至還可以趁亂將梁宥時帶走。就像以前那樣。

依照徐永遠的意思，大概是認為梁宥時已經落入黑影人的手裡。

倘若是真的，那麼梁宥時很有可能已經被黑影人殺害。

到頭來，他們的掙扎一點用也沒有，不管怎麼做，最終仍是在黑影人的掌心裡自取其辱。

這個地獄永遠都不會結束，除非放棄。

「不論如何，先離開這裡再考慮之後的事。」

「離開？什麼意思？」杜軒困惑地說：「我們不是沒辦法主動轉移嗎？」

「我跟戴仁佑認為這裡跟我們之前參與過的關卡是一樣的，所以一定有能夠離開的辦法。」

徐永遠看上去很著急，似乎不像以前那樣從容。

杜軒覺得他有點奇怪，不過並沒有對他說的話產生懷疑。

於是他轉過頭，對站在旁邊的夏司宇說：「知道了。我們走吧，夏司……」

每當他在跟徐永遠討論的時候，夏司宇總是獨自在旁邊閒晃，但這回他卻發現夏司宇蹲在地上，動也不動地盯著倒地不起的軍人看。

他有些困惑，因為夏司宇連他的聲音都沒聽見，於是便走過去，將手搭在他的肩上。

「夏司宇？」

他看見夏司宇的身體因為他的呼喚，抽動一下。

夏司宇的手裡拿著那名軍人的狗牌，當他轉過來看著自己的時候，第一次見到那張面無表情的臉，因痛苦而扭曲在一起。

第八夜

死因（上）

杜軒被夏司宇的反應嚇了一大跳，夏司宇也回過神，匆匆將自己失態的模樣隱藏起來，但這麼做並沒有比較好。

「發生什麼事？」

杜軒緊緊抓住夏司宇的肩膀，力道大到像是要把他的肩胛骨捏碎，但對有鍛鍊身體的夏司宇來說，他的腕力根本不足以讓他感到難受。

「……沒什麼。」

夏司宇想把手上的狗牌收進口袋，卻被杜軒眼明手快地搶過去。

狗牌上寫著英文字，因為被磨損得很嚴重，所以看不太清楚。

接著他聽見夏司宇嘆了一大口氣。

「還給我。」他向杜軒伸出手，眼神非常不友善。

杜軒還是第一次被他這樣瞪，反而讓他有些慌張，只能乖乖把狗牌還給他。

夏司宇並沒有收起來，而是放回地上，他們幾個人還以為夏司宇會為自己的奇怪態度解釋清楚，可是他卻只是起身走遠，一句話都沒有要說的意思。

「那傢伙還真可怕。」戴仁佑走到杜軒身邊，看著他受挫的表情，搔搔頭，「這下子你知道他平常都用什麼表情在看著其他人了吧？」

杜軒冷冰冰地瞥了戴仁佑一眼，小跑步追上走出去的夏司宇。

戴仁佑見自己被甩掉，只覺得自己好心沒好報，而徐永遠倒是不太在意這件事，他對夏司宇剛才的反應有點好奇。

他盯著躺在地上的軍人，然後再看看夏司宇的背影，有些不安地皺緊眉頭。

「我好像知道這裡是什麼地方了。」

「啊？真假？光這樣你就能知道？」

戴仁佑一臉不信邪地對徐永遠說，理所當然，他的抱怨根本沒被對方放在眼裡。

「能讓你們這些死者感到害怕的事情是什麼？」

徐永遠突然反問戴仁佑，反而害他不知道該怎麼回答。

他左思右想，最後拍掌回答：「被永遠困在這裡對吧！」

「……真不該指望你。」

「什麼啊！要不你說說是什麼！」

「是死亡。」

戴仁佑張大嘴，出乎意料之外的答覆讓他感到不可思議。

他猜到徐永遠肯定會說什麼讓他吃驚的答案，但沒想到居然是跟死者完全擦不上邊的事。

「我們都已經是死人了，怎麼可能再死一次？」

「我說的當然不是現在，而是過去的你們。」

「過……過去？」

「也就是說，你們畏懼的是回想起自己死亡的瞬間。」

徐永遠一說出口，戴仁佑立刻閉嘴。

因為他距離「死亡」這件事已經過去太久太久，久到連他自己都快忘記，但是如今聽見徐永遠提起的瞬間，他竟然又馬上想起那種感覺。

戴仁佑的臉色不是很好看，這讓徐永遠知道他是認同這個回答的。

「『黑影人』現在掌管著這個空間，在這裡他雖然無法控制活人的靈魂，但死者卻都是他手裡的棋子，想要操控是輕而易舉的事。」

「你的意思是，那傢伙能隨時讓我們想起自己死亡時的回憶嗎？」

「……是的。」徐永遠垂下眼簾，「你不也說過這個地方很奇怪？這些軍人也不像是死者，但也不是活人不是？那麼就只剩下這種可能性。」

戴仁佑瞇起眼，用懷疑的眼神上下打量徐永遠。

「你為什麼會突然想到？這怎麼看都不像是靈光一現的想法。」

「我和你一樣，待在這裡的時間很久，遇過的情況自然也很多。」

「肯定不是你自己的遭遇對吧，你是聽別的死者說的？」

「看來你不是那種笨到會一股腦指責我是間諜的蠢蛋。」

「哈！不好意思，我智商很高，不可能有機會讓你嘲笑它。」

「我看你還是別說這種冷笑話吧，一點也不有趣。」

「老子要怎麼說話跟你沒關係！」

「……我以前遇過一個精神不太正常的死者，他沒有攻擊活人的意思，反而被困在自己的恐懼裡面，整個人瘋瘋癲癲的。因為他當時說的話很奇怪，所以我印象很深刻。」

「奇怪的話？」

「那不是重點，重點是我曾讀過他的『記憶』，才知道那個人之前被困在自己死前那段時間，一直不斷重複度過，最後精神崩潰。」徐永遠邊說邊和戴仁佑一起走出去之後，看著夏司宇的背影，低聲道：「死者不會『死亡』，所以精神崩潰對那個人來說，成了永久的折磨。」

戴仁佑還是第一次聽見這種事，他雖然沒辦法確定徐永遠是不是亂掰的，但這個地方確實和之前到過的區域不同，尤其是在看到夏司宇那反常的行為後，讓徐永遠提供的情報可信度增加不少。

「死前的……時間嗎？」

戴仁佑的眉頭皺得比之前都還要緊，皺褶相當深邃、明顯。

他握緊手裡的槍，加快腳步和夏司宇並肩，迅速伸出手臂，從後方圈住他的脖子。

夏司宇立刻用殺人般的眼神狠狠瞪過來，但戴仁佑不但完全沒有要退讓的意思，反而還露齒笑道：「你這樣可不行，鬣狗。如果是你的話，應該很清楚現在這情況是專門來對付你的，絕對不能被影響，聽見沒？」

戴仁佑說的話，對現在的夏司宇來說意外有效果。

他慢慢放鬆面部表情，將臉埋入左手掌心。

沉澱幾秒鐘之後，他用沙啞的聲音向戴仁佑詢問：「……他嚇到了？」

「嚇得可不輕啊。」戴仁佑嘿嘿笑著，故意刺激夏司宇：「要是待會杜軒小弟對我投懷送抱，我可是不會把他還給你的唷？」

看到夏司宇對他投以不快的眼神後，戴仁佑就安心了。

他把手收回，拍拍他的背。

「你現在可不是一個人，還有我們幾個在，所以沒什麼好擔心的。」

夏司宇看了一眼走在後面的徐永遠，徐永遠發現他的視線後，愉快地朝他招手，這讓他更不爽。

「差點忘記那傢伙能讀到別人腦袋裡的想法。」

「是沒錯，但他這次不是讀過你的想法才知道原因的。」戴仁佑聳肩，「他的耳朵受傷，暫時用不了能力。」

夏司宇沒想到自己竟然會因為聽見這句話而感到心安。

「既然如此，那他知道怎麼離開這裡嗎？」

夏司宇才剛開口，下一秒徐永遠就從兩人中間鑽出來，笑著偏頭盯著夏司宇不爽的表情看。

「知道。」

他直接回答夏司宇的問題，這讓夏司宇很混亂。

不是說這傢伙耳朵受傷，暫時沒辦法使用能力？怎麼還能聽見他們在說什麼？

徐永遠笑著，像是知道夏司宇在想什麼般回答：「你的反應太明顯，就算我不用能力也能猜出你在想什麼。」

「……哈，是嗎。」夏司宇皮笑肉不笑，更不想稱讚這個男人。

徐永遠也不想聽他說好話，他稍稍偏頭，向他暗示後方的杜軒。

「你先好好跟他講清楚吧，別擺出那張殺氣騰騰的表情，杜軒可受不了。」

他不想承認，徐永遠說的是對的。

夏司宇很快轉移腳步，主動去向走在後面的杜軒交談。

看兩人終於說上話，杜軒也鬆了口氣之後，徐永遠和戴仁佑不由得相視而笑，但很快他們就對「望著彼此露出笑容」這件事情感到頭皮發麻。

為避免尷尬，他們很快就開話題轉移注意力。

「你剛剛說知道要怎麼離開是認真的嗎？」

「是認真的，我在搜集情報的時候可不會只搜集一半。」徐永遠收起笑臉，變得嚴肅，「但是沒辦法確定梁宥時的位置這點比較讓人頭疼。」

就在兩人苦惱這個問題的時候，突然有個東西往徐永遠的後腦勺飛過來，戴仁佑眼明手快地將它一掌抓住，回頭看著面無表情朝他們扔東西的夏司宇。

戴仁佑攤開手，才發現夏司宇扔過來的是個指南針。

很顯然，這傢伙有把他們剛才跟杜軒說的話聽進去。

「哈，看來不用擔心找不到那傢伙了。」

戴仁佑很開心，這樣找起梁宥時來說容易很多，不過他高興不到幾秒鐘，第二個指南針就朝他的眉心砸過來，並且正中紅心。

這東西雖小，但被打到還是滿痛的。

戴仁佑差點沒跳起來大罵，徐永遠倒是很冷靜地接住砸上他腦袋之後掉下來的指南針。

「你就不會先提醒一聲嗎！」戴仁佑氣得跳腳，「一個就夠了，你扔兩個過來幹嘛！」

「一個是之前找定點武器庫位置的，另外一個是找梁宥時的，但我把兩個放在一起所以不知道哪個是哪個。」

戴仁佑真心想罵髒話，但他知道跟夏司宇發脾氣沒有任何意義。

「反正你們可以的對吧。」夏司宇直接向戴仁佑比個讚，以毫無任何情感的口氣鼓勵他：「加油。」

氣到臉紅脖子粗的戴仁佑，真心後悔不久前還在擔心他的自己。

果然他跟夏司宇就是沒辦法好好相處。

「指南針有反應。」徐永遠無視兩人鬥嘴，把兩個指南針放在手裡觀察，「而且指的方向一樣。」

聽見這句話，三人同時露出困惑的表情。

「意思是梁宥時在之前那個武器庫？」恢復精神的杜軒加入討論，但眼前的情況不管怎麼看都讓人覺得奇怪。

梁宥時到底怎麼跑去那裡的？

「總之，確定他不在這裡就好。」徐永遠把兩個指南針收起來，「現在我們只要專心離開這個地方就好。」

「要怎麼做？」

知道杜軒剛才根本沒心情聽他們說話的徐永遠，好心將自己知道的線索重新說一遍給他聽，但聽完後杜軒並沒有鬆開眉心，反而皺得比之前更緊。

「簡單來說，我們是被困在夏司宇死前的那段『過去』裡？」

「嗯，是這樣沒錯。」

「可是他看起來不像是認識這個地方。」

「戰場對我來說都差不多。」夏司宇冷靜地解釋，「我原本是想看看倒地軍人的身分，所以才會去翻他的狗牌……看到上面刻的名字我才意識到他是誰。」

夏司宇垂眼，停頓幾秒鐘之後，才又緩緩開口：「那傢伙是我生前的隊友之一。」

「……所以你的反應才這麼奇怪。」

「抱歉，我現在的狀態不是很好。」

「我不會因為這點小事就怪你。」杜軒將手搭在夏司宇的肩膀上，十分認真地說：「這次換我來幫你，我說到做到。」

夏司宇輕輕扯動嘴角，他沒想到會被比自己弱的人保護。

／

戴仁佑一把揪住夏司宇的衣領，破口大罵：「媽的，這裡不是你的記憶嗎？為什麼還會迷路！」

「你會記得你狩獵過的森林地圖？而且還是不知道幾百年前的事？」

夏司宇冷冷注視著那張火冒三丈的臉，輕描淡寫地回答。

真要說的話，夏司宇說的並沒有錯，而戴仁佑雖然心裡明白，但還是忍不下來。

也許是因為一路走來景色都差不多，沒有什麼變化的關係，戴仁佑才會突然開始發脾氣。

不過杜軒能理解為什麼戴仁佑會這麼暴躁，畢竟他們四個人繞一大圈後，又回到之前的軍營，心態難免會崩壞。

那些早被幹掉的軍人們已經復活，而且像是沒有遇過他們的記憶似的，各做各的事，感覺有些詭異，像是打槍戰遊戲時的那些NPC砲灰，一段時間後就會自動復活。

詭異歸詭異，坦白講這對他們來說並不是什麼好事。

這表示他們沒辦法減少威脅，雖然以實力上來講不足為懼，可是重複殺死能夠復活的人，完全沒有意義。

杜軒在戴仁佑發脾氣的時候，和徐永遠很認真地觀察軍營狀況，得出結論。

「軍營裡大概有地圖或是雷達之類的東西吧？」杜軒摸著下巴說道：「不如去看看有沒有能確定方向的東西，至少不能再繼續迷路回到原點。」

徐永遠點頭，十分同意杜軒的想法。

他轉頭去對兩個還在吵架的男人說：「你們聽見杜軒說的話了吧？還不快點上工，光在這裡吵能有什麼用？」

夏司宇和戴仁佑不喜歡被當成工具人的感覺，可是他們仍乖乖照徐永遠的話去做。

這兩個人雖然看起來不合，實際行動起來卻很有默契，用比剛才還快的速度，再次將軍營裡的人全部打倒在地。

杜軒起先還以為夏司宇會因為對方是自己的前隊友而有所顧慮，但他很快就發現是自己想太多，夏司宇根本沒顧及這種事，不但恢復為原本的狀態，出手也比之前還要快狠準。

不知道是不是因為知道這些人不過是存在於記憶裡的虛像，所以他才能這麼快穩定下來，無論理由是什麼都好，至少他可以不用再擔心夏司宇。

果然，還是現在的他看起來順眼多了。

營地再次解除警戒後，夏司宇示意兩人可以過來，徐永遠和杜軒才踏入軍營。

很快地他們就找到收發訊號跟情報的帳篷，只不過這裡雖然有他們想要的東西，但全都沒辦法使用，地圖也因為區域範圍過大的關係，頂多只能確認方位，完全無法知道他們現在是在地圖上的哪個位置。

「喂，你看到這個地圖還是沒想起什麼嗎？」

戴仁佑仍不死心，一直追著夏司宇追問。

夏司宇無奈嘆氣，「就跟你說我不可能記得這些事。」

「明明是你的記憶，但你卻一點都派不上用場。」

「要不你把自己十年前狩獵過的人全部列出來給我看看？」

這句話一說出來，戴仁佑馬上就慫了。

他吹著口哨，假裝自己什麼都沒聽見，直接走到杜軒身後去。

杜軒無奈地看著戴仁佑，這兩人吵起架來還真像小孩子。

「……雖說不記得，但我知道這個軍營大概是在這裡。」

夏司宇拿起圖釘，插在地圖上面標示位置。

三人同時轉頭看他。

「喂……你這小子在跟我開玩笑？不是說不記得嗎？」

戴仁佑咬牙切齒，看得出來他的臉上爆出青筋，完全沒有平常那種從容態度。

夏司宇聳肩，「我確實不記得，但看到地圖後感覺自己好像知道。」

「啊？你別以為這種藉口我會——」

戴仁佑還想抱怨，但是卻被杜軒一掌推開。

他擋住那張還想繼續說話的嘴巴，苦笑道：「不是也有那種事嗎？就是雖然不記得但是能靠物品回憶起來。」

「你是說主觀意識之外的記憶對吧。」徐永遠很快就接受這個解釋，因為並不是沒道理，確實有過依賴物品輔助，幫助人回想的事情。

人的記憶分為深淺，而大多數的記憶都存在於深度記憶之中，這不是代表遺忘，而是大腦自動選擇，將各種記憶分門別類安置。

「嘖!行行行，你們兩個接受我就沒話可說。」

戴仁佑舉手投降，很不滿地雙手環胸，轉過身背對三人，獨自鬧脾氣。

夏司宇根本就不在意他的想法，他一直仔細觀察著地圖。可能真的就像徐永遠說的那樣，他不知道自己記得這個地方，但是卻感覺十分熟悉。

還真有趣。

夏司宇勾起嘴角，卻又很快垂下來。

雖說他不記得這些事情，可是「死前」發生的事如鯁在喉，即便過去這麼久也無法將它遺忘。

「我把有印象的位置標記好了。」

夏司宇在地圖上插滿圖釘，並一個個解釋給三人聽。

「紅色圖釘是我們的位置，黃色圖釘是我待的軍營位置，藍色、黑色、綠色是敵人的位置，也就是我這次任務的目標。」

說完，他抬起頭直視徐永遠並提問：「這樣有幫助嗎?」

與其說是問問題，徐永遠倒覺得自己像是被威脅了。

夏司宇的態度很顯然就是在命令他，而不是尋求他的幫助。

「沒有。」徐永遠用指尖輕點地圖，露出意味深長的笑容，「因為這些都不是我想找的地方。」

「既然你一開始就有明確的目標，為什麼不直接跟我說就好？」

「我原本以為跟著你應該就能找到，沒想到你居然繞一圈把我們帶回原點。」徐永遠聳肩，「我都懷疑你是不是故意的了。」

夏司宇不喜歡徐永遠的說法，這彷彿就是在指責他不打算離開這裡似的。

開什麼玩笑！

他急著想讓杜軒離開這個危險的地方，怎麼可能還故意把他們困在這！

夏司宇火大地一掌狠狠拍在地圖上，用低沉可怕的嗓音質問徐永遠：「不如就別拐彎抹角，直接說清楚怎麼樣？」

「我之前說過吧？被困在這裡的人會不斷重複遭遇自己死前發生的事，所以你要做的就是打破循環就好。」

徐永遠聳肩道：「看是要被搞到精神崩潰還是自己主動面對死亡，二者選一。」

「……哈！」夏司宇頓時失笑。

就這樣？

這麼做就能離開？

「打破循環……嗎？」杜軒轉頭盯著夏司宇，看起來有些擔心，「你沒事吧？」

他不知道夏司宇是怎麼死的，但是在隨時都有可能死亡的戰場上，死前那瞬間肯定非常可怕，然而現在徐永遠居然要夏司宇主動去面對這件事？

夏司宇接收到杜軒擔憂的視線，伸手摸摸他的頭安撫道：「不用擔心。」

「在你打破循環的時候，空間會產生扭曲，同時會引來靈魂風暴。」徐永遠沒把兩人的互動放在眼裡，繼續說下去，「我們要搭那個離開。」

「靈魂風暴嗎……這樣我們不會被分散？」

「你抓緊他不就得了？」徐永遠笑迷迷地說，他知道夏司宇只擔心杜軒的安危，根本沒把他放在眼裡。

他果斷結束這個話題，攤手道：「我知道你不願意，但我們得去看看你是怎麼死的，夏司宇。」

他彷彿聽見夏司宇強而有力的咂舌聲，不過，他根本不在乎。

為了讓杜軒離開，他知道夏司宇絕對會照他的話去做。

「所以，把你的死亡地點標示出來吧——鬣狗。」

夏司宇瞇起眼，冷冷盯著徐永遠那副完全在看好戲的表情看。

雖說這個人是杜軒的「同類」，但他還是沒辦法對徐永遠產生好感。

他伸出食指，慢慢挪動到黃色圖釘的位置。

「這裡。」他用著淡然的語氣，輕聲說道：「我是在這裡死的。」

即便他百般不願，但是為了能夠讓杜軒離開這裡，他必須這麼做。

——他得去面對那用千萬歲月都無法忘記的事實。

有地圖可以確認地形，彌補了方向感的問題，已經把地圖完整記錄在腦海裡的戴仁佑利用自己的經驗，順利帶著三人來到黃色圖釘標示的軍營。

也就是夏司宇死亡的地點。

老實說夏司宇對這裡印象不深刻，只隱約記得他們小隊是利用廢棄的石屋來做為臨時據點，因為他們的目標是前進，所以只需要臨時落腳的地點就好。

前進的目的，自然就是他之前標示出的敵軍位置。

他們是所謂的先鋒部隊，是所有部隊中最早行動的，不過任務不是偷襲，而是將敵軍裡的己方臥底帶回來。

由於得在主力部隊到達前順利將人帶出，所以時間非常有限，機會也只有一次。

「你過去吧。」

當他們到達臨時軍營附近後，徐永遠就向夏司宇下達指示。

夏司宇的眉頭狠狠皺緊，顯然對於徐永遠的命令十分不滿。

「什麼意思？」

「這裡是從你的記憶製造出來的空間，理所當然不會有『你』的存在，所以你得出現在那些人面前，這樣才能誘發你的死亡。」

聽懂歸聽懂，但夏司宇不放心把杜軒留在這兩個人身邊。

杜軒明白夏司宇是在顧慮他，便說道：「沒事的，不用擔心我。」

夏司宇瞇眼盯著他看，顯然是不相信。

雖說他知道杜軒手裡有之前得到的那把特殊武器，卻還是免不了擔憂，畢竟他們四個人之中，杜軒是完全沒有接受過相關訓練，甚至連槍都沒開過幾次的普通人，若遇到危險，真的不知道他能不能順利開槍攻擊敵人。

見他猶豫不決，戴仁佑用力拍了一下夏司宇的肩膀。

「你擔心什麼鬼！難道是不相信我？」

「哈啊……」夏司宇甩開戴仁佑的手，凶神惡煞地瞪著他，隨後收起怒容對杜軒說：「我會盡快讓靈魂風暴出現，你待在這兩個傢伙身邊，不要亂跑。」

「行了你，我又不是三歲小孩。」

他知道夏司宇是擔心他，但他真的有點保護過度，旁觀的徐永遠和戴仁佑當然也跟他有著同樣的想法，只有夏司宇本人毫無自覺。

最後夏司宇依依不捨地離開，都能從他的背影感受到他有多麼不願意。

戴仁佑和徐永遠同時看向杜軒，被這兩人充滿懷疑的眼神盯著看，杜軒也只能苦笑地摳著臉頰，尷尬到不行。

「那傢伙對你的保護程度是不是又更嚴重了？」

身為一開始就跟著兩人的同伴，戴仁佑的感覺特別深刻。徐永遠雖然是後面才加入的，但他對於死者能如此在乎一名活人這件事，仍想不透。

「先不討論這件事，總之，我們不能閒著沒事，得留意那邊的情況。」徐永遠轉移話題，他對這兩個人的事沒那麼有興趣，自始至終他在乎的就只有如何活下去。

靈魂風暴出現的時間很短，而且不會停留，所以他們只有一次機會，錯過的話很有可能就會被永遠困在已經扭曲的記憶空間裡。

這可不是開玩笑的。

雖然徐永遠沒有跟其他人說明清楚，但，如果被困在扭曲的空間裡，所有的一切就會變得無法掌握，到時候想離開，恐怕比登天還難。

「啊，有人走出來了。」

三人的位置是在附近的山丘，高度約兩層樓，距離軍營位置只有五分多鐘距離，單以躲藏位置來說不是很完美，畢竟這個地方沒有任何遮蔽物，遭受襲擊的話完全沒辦法保護自己，相對的，卻是觀察軍營的最佳位置。

當杜軒看見有人走出來的時候，夏司宇剛走進軍營。

那個人穿著沙漠色迷彩衣，和夏司宇會面後交談了幾句，便將人帶進屋內。

這段時間非常安靜，也很難熬，因為不清楚他們在裡面做了什麼。

杜軒心跳得很快，目不轉睛地盯著夏司宇進去的房子，不斷祈禱——直到屋內傳來響亮的槍聲。

徐永遠和戴仁佑立刻同時壓住杜軒的身體，讓他趴低，緊貼地面。

杜軒的臉差點被迫埋入沙子裡，幸好他反應夠快，即時抬高下巴，要不然真要被這兩人害死。

「怎麼會有槍聲？這樣正常嗎？」

杜軒緊張地問，現在這個姿勢他看不見軍營的模樣，但徐永遠和戴仁佑的臉色卻變得很難看，目不轉睛地盯著軍營的方向看。

這讓他產生不祥的預感。

「喂！你們不要一直壓著我……到底發生什麼事了！夏司宇他──」

話還沒說完，他就聽見戴仁佑不悅的咂舌聲。

接著徐永遠壓低聲音，十分不安地說：「該死，情況變複雜了。」

杜軒不知道發生什麼事，但看到這兩個人的反應後，直覺告訴他夏司宇陷入危險，而且情況非常不妙。

他掙扎著起身，重新直視軍營方向。

夏司宇和一群軍人站在外面，而且對方並不是穿著同樣的迷彩衣，而是跟他們很像──穿著輕鬆普通的便服。

總共有六個人，這是「看得見」的敵人數量，天曉得還有沒有其他人在。

夏司宇被這些人團團包圍，對方的手裡都握有槍枝，這讓夏司宇的情況變得很危險。

戴仁佑舉起獵槍，透過狙擊鏡觀察，整張臉沉下來。

「那些傢伙怎麼會在這？」

「你知道那些人是誰？」徐永遠很在意，因為那些人很明顯並不是原本就存在於夏司宇記憶空間裡的人。

「我之前和其他隊伍一起行動的時候見過，還有就是，這傢伙也知道他們。」

戴仁佑指的「這傢伙」，是杜軒。

杜軒一臉茫然地看著戴仁佑，眨眨眼睛，不太明白這是什麼意思。

他知道的人？是誰？

「小子，你還記得之前和夏司宇殺紅眼的那個男人吧？」

原本沒聽懂意思的杜軒，很快就因為戴仁佑的這句話而回過神。

他張大嘴，驚訝地說：「你是說任達？」

這麼說起來，夏司宇確實有說過那個叫做任達的男人曾和他是同個部隊的，所以在這個記憶空間裡會出現任達，並不讓人意外。

可接下來戴仁佑說的話，反而讓杜軒陷入自我懷疑。

「就是那個傢伙和他的同伙，這幾個人的臉我不會認錯，他們這群死者很喜歡以虐殺其他死者為樂。」戴仁佑咬牙，對這些人感到十分不屑，「因為不會死所以能夠盡情虐待，這是他們的惡趣味。」

「我有聽說過這些人的事。」徐永遠摸著下巴，「沒想到還有其他人被捲進來，你們不覺得有點奇怪嗎？」

「確實……難道說是把我們帶進來的人幹的？」

「倒也不是不可能，而且聽你們剛才說的話，表示夏司宇跟那傢伙有私仇吧？黑影肯定知道，所以才會故意讓他們兩個人見面。」

戴仁佑把槍放下來，揹在身後，「他那樣勢單力薄，得過去幫忙。」

徐永遠把杜軒扶起來之後，對他說：「以人數來說我們打不過的，幫不上什麼忙，還有可能把自己的命賠上。」

「那你的意思是，我們只能旁觀？」

「……不，無論用什麼方法，只要能讓記憶空間產生扭曲就可以。那些人的出現可以讓我們更快達成目的。」

杜軒一直靜靜聽著兩人的討論，始終沒有說話。

很快地，他的耳裡只剩下自己的心跳和呼吸聲，彷彿直接撇除兩人的交談，腦袋嗡嗡作響，目不轉睛地看著被包圍起來的夏司宇，握緊拳頭。

啪噠。

忽然，翅膀拍打的聲響清清楚楚傳入耳裡，吸引他抬起頭看向天空。

頂著大太陽在空中飛舞的小鳥，不斷在他們正上方盤旋，牠的模樣很顯然不像是這個沙漠地區會出現的動物。

杜軒瞇起眼，想要看清楚那到底是什麼，而且不知道為什麼，他在這個時候想起之前在電線杆上看到過的小鳥。

「感覺……有點像？」

他喃喃自語著，接著下一秒，天空中的小鳥突然朝他的臉俯衝過來，速度快到只花短短三秒就直接逼近，填滿他的視線。

杜軒下意識緊閉雙眼，縮起肩膀，但是卻沒有感覺到任何衝撞力道，就只有微風拂過臉頰的搔癢感。

但是很快地他就發現氣氛不太妙，急忙睜開眼，沒想到看見的不是小鳥，而是對準自己的手槍槍口。

第九夜

死因（中）

他的心瞬間停止跳動，甚至忘記要呼吸。

砰的一聲槍響，大到讓他的耳膜嗡嗡作響，整個人無法控制地顫抖，但他也發現自己被強而有力的手臂保護住，緊緊擁在懷裡。

抬起頭杜軒才發現是夏司宇保護了他，同時臉頰感覺到一滴滴落下的液體。

「夏、夏司……」

杜軒看著夏司宇抬起頭，頓時震驚到說不出話。

子彈擦過臉頰留下的傷口雖然不大但很深，血一滴滴止不住地流出來，而他此刻露出的表情，如想要撕碎對方般，因怒火而扭曲。

「哈！」

杜軒聽見後腦勺傳來恥笑聲，那聲音聽起來十分不屑，甚至對他突然冒出來這件事完全沒有任何想法。

「你果然還是跟這活人混在一起，真是丟臉。」

「你的所作所為也沒好到哪去。」夏司宇咬牙，不畏懼對方的威脅以及瞄準自己的槍，冷冰冰地說：「最好趁我沒發火前滾出我的視線範圍，我現在沒心情陪你玩。」

「以你現在的處境，有什麼資格向我們下令？」任達勾起嘴角，「難道你不覺得現在這樣很令人懷念嗎？尤其是我拿槍對準你的時候。」

夏司宇的表情變得更加猙獰可怕，而杜軒則是因為這句話而感到錯愕。

拿槍對準夏司宇？這是怎麼回事，他們兩個以前不是隊友嗎？

「我真沒想到你的臉皮厚到這種程度，光是嘲笑般地到處散播關於我的謠言就算了，現在還跟我談過去的事？你腦子進水了吧，任達。」

「……誰叫我一直都很討厭你的眼神。」

「討厭我是你家的事，我本來就不想管你，但現在你危害到我的同伴，就是另外一回事。」

「同伴？這傢伙可是活人，殺人如麻的你居然還把他當成同伴？」

「你跟我都很清楚，在戰場上想要活命就得自保。」

「哈！那為什麼你現在要用肉食動物追捕獵物時的眼神看著我？」

「因為我想殺了你。」

杜軒感覺到夏司宇說這句話的時候，抓住他的手腕稍稍加大力道，掐得他有點痛，但他完全不敢吭聲。

他到現在都還有點恍惚，明明自己剛才還在山丘上，為什麼下一秒居然跑到這裡來？好死不死還是戰火的正中央！

——難道說是那隻臭鳥幹的好事！

當他發現小鳥不太對勁的時候，已經太晚了。

他看見小鳥正站在夏司宇正後方的屋頂上，望著自己。

漆黑的身軀、全白的雙眼，就這樣呆呆地注視他，讓人心裡發寒。

杜軒下意識抓緊夏司宇胸口的衣服，被夏司宇誤以為他是因為害怕任達這群人。

他完全沒注意到小鳥的存在，也不想去思考為什麼杜軒會突然出現在眼前，當他看見原本對準自己的槍口對準杜軒的瞬間，除了保護他之外，沒有其他念頭。

兩人貼得很近，但心裡所想的卻是相距十萬八千里遠。

杜軒一直盯著那隻小鳥，覺得牠好像又想幹些什麼好事，不安地嚥下口水。

果然，小鳥突然張開翅膀起飛，接著迅速朝他的臉衝過來。

杜軒再次緊閉雙眼，不過這次他並沒有感覺到風，反而握緊成拳頭的手掌心裡好像多了某種硬梆梆、冷冰冰的物體。

他覺得頭皮發麻，下意識認為是相當糟糕的東西，嚇得把它甩飛出去。

杜軒突如其來的動作，讓原本很糟糕的氣氛變得更為凝重——因為他扔出去的東西，不偏不倚地打在任達的臉上。

力道有點過猛的關係，任達的臉上留下清晰可見的紅印，周圍頓時一片寧靜，最後傳來「噗哧」聲響。

任達的同伴忍俊不禁，笑出聲。

這個笑聲在安靜下來的空間裡，變得有些尷尬。

「你……這混帳……」

任達顫抖著，咬牙切齒，再次把槍對準杜軒，不過這次他卻沒有開槍的機會。

因為他的手槍莫名其妙融解了。

意料之外的狀況把在場所有人都嚇一跳，尤其是任達本人，急急忙忙將手槍扔在地上，同時他也看清楚剛才砸在臉上的東西究竟是什麼。

一個打火機，普通到不行、隨處可見的金屬打火機。

它並沒有什麼特別的，上面也只有鳥類圖樣作為裝飾，但此時此刻的它，正被燃燒的火焰包圍著。

明明之前完全不是這樣，砸在他臉上的時候根本不是現在這副模樣！

「這、這是什麼鬼東——」

話還沒說完，從山丘方向射過來的子彈迅速貫穿他身後同伴的臉頰。

子彈將臉頰周圍的肉炸開，形成巨大的缺口，就像是被猛獸咬過，而這個人也迅速倒地不起。

「快找遮蔽！」

「嘖！山丘上有人！」

所有人亂成一團，目光也從夏司宇和杜軒身上轉移到山丘位置。

就在他們的注意力全被轉移的同時，兩道人影從夏司宇的左右兩側跑過去，黑著臉從背後襲擊敵人。

堅硬的槍托成為最強的進攻武器，直接將人的後腦勺打出血來。

當任達和同伴發現又有兩個人被打倒的時候，已經太遲。

徐永遠和戴仁佑同時舉起槍，對準三人的腦袋瓜，但對方的反應也很快，立刻跟著舉槍對峙。

看見這兩人出現的瞬間，夏司宇的腦袋總算變得清楚些。

可是，這樣的奇襲並沒有說特別成功。

任達看著徐永遠和戴仁佑，露出笑容。

徐永遠和戴仁佑看見任達游刃有餘的表情，頓時感到疑惑，還沒理解原因就發現屋裡衝出許多軍人，直接就將他們四個人團團包圍起來。

「怎……」

「這是什麼鬼！」

兩人錯愕不已，怎麼這些存在於記憶中的軍人會突然主動出手幫助任達？

「副隊長！沒事吧？」

其中有個軍人對任達大聲說道，甚至還用十分禮貌的態度稱呼他。

任達很滿意地看著他們傻住的表情，笑著回答：「沒事，把這些搞偷襲的傢伙處理掉。」

「是！」

軍人們二話不說就上前，將包圍網慢慢縮小，壓迫四人。

夏司宇默不作聲地看著這些人，悄悄地從杜軒的身上拿走手槍，並低聲對靠過來的徐永遠和戴仁佑說道：「除了任達那幾個人是死者之外，其他都是記憶裡的人。」

戴仁佑看見他手裡拿著的手槍，咂舌道：「那是什麼東西？感覺有種讓人討厭的氣息在。」

「你不用知道，只要掩護我就好。」他看著兩人，「你們做得到，對吧？」

夏司宇見過徐永遠的身手，很清楚這男人並不如表面看起來柔弱，倒不如說他比杜軒還來得會打，而且對槍枝的使用也很熟練。

該說不愧是在這個鬼地方待了很長一段時間的活人嗎——但他總覺得徐永遠似乎本來就有點底子，要不然在沒有人指導的情況下，怎麼可能使用得如此輕鬆，更不用說他還能夠「控制怪物」的能力，根本不需要用其他方式保護自己才對。

因此，得出的結論就只有一種可能。

「可以是可以。」徐永遠知道夏司宇是故意在跟他說話，於是直截了當地回答，不過他還是覺得有點不安，就像是自己漏了什麼重點。

「那麼你們就專注對付這些人，剩下那三個，我會自己處理。」

戴仁佑驚道：「你認真？」

雖說他知道夏司宇很強，可是任達並不好對付，剛才如果不是用偷襲的方式，根本就不可能用這麼快的速度打倒對方。

夏司宇扭扭肩膀，眼神十分認真。

戴仁佑見到他的態度後，嘆口氣，不再繼續多嘴。

「行，是我多管閒事。你就儘管去當英雄吧。」

懶散回覆完之後，戴仁佑將杜軒扛在肩上，而徐永遠則是像早就預謀好似的，從口袋裡掏出一個像是瓦斯罐的物品，輕輕地往地上一扔。

剎那間，強烈的光芒照入眼裡，所有人眼前一片白光，暫時失去短短幾秒的視覺，除了夏司宇三人之外，都沒有意識到會被閃光彈襲擊，就連杜軒也看不清眼前。

三人很有默契地閉眼，等白光消失後各自朝反方向離開。

戴仁佑跟徐永遠利用這短暫的空檔，帶著視覺還沒恢復的杜軒突破包圍，夏司宇則是壓低身軀，以最快的速度接近任達一伙。

任達和他的同伴完全沒想到他們會使用閃光彈，視線被白光影響，等到終於能夠看清楚的時候，才發現杜軒他們已經不知道跑去哪，而剩餘的兩名死者同伴，一個被夏司宇踩在腳下，一個則是被他用槍對準腦袋，扣下板機。

砰。

子彈貫穿對方的腦袋，鮮血迅速染紅沙地。

另外一名正在掙扎的死者看見同伴被殺，慌張地掙扎著。

因為在子彈射出的那刻，他感覺到子彈上傳來讓人厭惡至極的氣息——

當然，任達也感覺到了。

他們意識到夏司宇手裡的武器很危險，經驗豐富的他們，已經猜出那把武器是專門用來殺死者的，但，這種武器通常只有活人才能使用，為什麼身為死者的夏司宇能夠應用自如？

待視覺恢復後，軍人分成兩批，一批去追逐逃跑的杜軒三人，一批則是留在原地，重新舉槍對準狂妄的夏司宇。

夏司宇轉頭，對這些人投以冷冽的目光，這群軍人似乎感受到被肉食動物盯上的恐懼感，直接就朝他開槍。

在這之前，夏司宇就已經知道他們會扣板機，早一步躲向旁邊的牆壁後面，並把手槍暫時收起。

子彈有限，他不能隨便浪費，而這些子彈全都是要拿來對付任達他們的。

得在那些被打暈的同伙恢復之前，把任達處理掉。

他藏在轉角處，當槍管出現視線範圍內的同時立刻抓住，輕而易舉就把對方的槍奪過來，並用手臂圈住對方的頸部，直接將人反轉壓倒在地，狠狠打擊他的後腦勺。

一個解決，但第二和第三個軍人很快又補上來。

夏司宇看準他們開槍的時機，憑藉自己的經驗和直覺閃躲子彈，十分輕鬆就躲掉攻擊。

他抓住其中一個人的槍管，直接猛撞在另外一個軍人的側臉，再將這名軍人的槍管往下壓，讓他開槍射出的子彈全部打在自己的同伴身上。

伴隨同伴的慘叫聲，被打中臉頰的軍人停止開火，緊接著他就被夏司宇的直拳直接擊中，兩眼翻白，倒地昏厥。

拳頭的力道強到把軍人臉上的護目鏡都打碎，而夏司宇的手除了有點紅之外，完全沒事。

可攻擊，沒有停止。

任達僅剩的同伴在這段空檔已經套上手指虎，打算直接對付夏司宇，而湊巧的是，比起槍，他對近身格鬥更有自信。

夏司宇靈活地閃躲著，直接用掌心拍開對方的手腕，讓他怎麼樣都碰不到自己。

似乎沒料到會連打都打不到夏司宇，對方很明顯慌張了，夏司宇當然沒錯過這個機會，在他信心被打擊的同時，握緊拳頭，找出空檔直接一拳狠狠打在對方的左腰上。

毫無防備的脆弱點被堅硬的拳頭打擊，就像是被人用水泥做成的球棒狠揍。

一時間無法平衡、忍住疼痛的男人皺緊眉頭，不悅地咂舌。

身體稍稍歪斜的他回過神來發現夏司宇的拳頭正由下而上打向他的臉。

死定了——這是他腦海裡閃過的第一個念頭，但下一秒傳來的槍聲，很快就替他解除這次的危機。

子彈貫穿夏司宇的手臂，阻止他的攻擊。

夏司宇立刻收手拉開距離，同時往朝他開槍的方向看過去。

任達單手握住手槍，緊緊將槍口對準他。

鮮血從手臂上的槍傷傷口流下來，可是他卻一點感覺都沒有，反倒對於任達開槍的行為感到憤怒。

在他與任達對望的時候，剛才挨揍的男人發現夏司宇根本沒有在注意自己，便把握這次機會衝上去，想著要把他那張帥臉揍成肉泥。

可是，他的貪念並沒有成功。

夏司宇看也不看一眼，直接拔出手槍，像是知道男人的位置和行動似的，往他的腦袋開槍。

子彈準確無誤地貫穿男人的眉心，隨即他便倒地，動也不動。

任達對於同伴的死，並沒有任何想法。

人再找就有，在這個地獄世界，最不缺的就是「死者」。

「你的槍法還是一如既往的準。」

夏司宇沒有回應，反倒露出厭惡至極的表情。

任達用拇指將自己掛在脖子上的鐵項鍊拉出來，明明一名軍人只有兩塊狗牌，但任達的脖子上卻有三塊。

夏司宇很快就意識到第三塊是誰的，這讓他更加不爽。

「這可是我最自豪的戰利品。」任達將鐵項鍊鬆開，雙手握住槍柄，慢慢將槍抬高，「我殺過你一次，就能有第二次，你說對吧？鬣狗。」

「現在跟那時的情況已經不同。」夏司宇瞇起眼，「若不是用偷襲的方式，你也不可能殺得了我。」

「那麼現在就來試試看如何？」

任達自信滿滿地說道，他看著自己的眼神，令夏司宇作嘔。

兩人並沒有講好，卻很有默契地在這句話之後快速逼近彼此。

他們各持手槍、空拳搏鬥，行動的速度幾乎一致，普通人的視覺根本追不上。

搏鬥過程中，雙方試著將槍口瞄準對方的臉，卻都在要扣下板機的前一刻被躲開，一發子彈都沒打出去，然而這兩個人的身上卻已經被拳頭和槍托打得傷痕累累，完全就是硬碰硬的打法。

即便過去很久，但他們卻仍熟悉彼此的攻擊套路，正因如此才無法完全抓到對方的空隙，只能硬著頭皮正面受敵。

原本專注於眼前戰鬥的夏司宇突然察覺任達的神情有異，等意識到危險的時候已經晚了一步。

兩個男人拿著短刀，同時從背後襲擊過來。

夏司宇雖然聽見他們的聲音，卻已經來不及閃避。

一把刀先從他的左後方落下，夏司宇急忙閃開，可是刀尖仍劃過他的耳際，將眼罩的繩子割斷。

在眼罩從臉上滑落的同時，另外一把刀垂直插入他的右肩。

「嗚！」

夏司宇皺了皺眉頭，向後挺起肩膀，強行把人撞開後，直接抓住左側人的手臂，直接過肩摔，將人扔向攻擊他的男人。

這兩個人撞在一起，重摔在地，任達也沒閒著，抓住夏司宇分心的空隙，握穩手槍，扣下板機。

砰。

槍聲響亮，但開槍的人卻露出錯愕的表情，瞪大雙目看著夏司宇。

彷彿知道他會開槍似的，夏司宇直接轉身用槍身擋開子彈，子彈在手槍上留下相當明顯的刮痕，不過使用上並不成問題。

夏司宇單膝跪地，開槍回敬任達的偷襲。

照道理來說在這樣的距離下攻擊沒有防備的任達，應該能輕易射穿他的腦袋，但是夏司宇並沒有這麼做，而是選擇射穿他持槍的手臂。

子彈貫穿手臂的瞬間，任達失去握槍的力氣，原本應該從手裡掉落的槍，被他咬牙緊握，因為他知道自己絕對不能在這個男人的面前鬆開武器。

當他重新握好手槍的同時，冰冷的槍管對準他的左眼，讓原本想要反擊的任達渾身僵住。

「……哈！」他乾笑著，冷汗直冒，明明看起來很害怕，但是嘴裡說出口的話，卻如同以往那般自大傲慢。

因為他看見夏司宇那隻藏在眼罩底下的左眼，是什麼模樣。

「你的眼睛……哈哈哈！」任達睜大雙目，瘋狂得發笑。

但三聲大笑過後，便是一聲槍響。

摔在一起的兩個大男人，親眼看著夏司宇冷血地對著任達的左眼扣下板機，隨後任達便向後倒地，再也沒起來。

任達的左眼被子彈貫穿，眼珠被毀得乾乾淨淨，只剩下一個窟窿。

他的樣子就跟夏司宇的臉一模一樣。

沒有人見過夏司宇拿下眼罩的模樣，所以他們怎麼樣也想不到，眼罩底下竟是沒有眼珠的窟窿。

以他這張臉，再加上那冷血開槍的行為——不愧被人稱作「不死的鬣狗」。

「你們，還要打嗎？」

兩個人跌坐在地，你看我我看你，同時搖頭。

他們知道夏司宇手裡的槍能夠殺死死者，雖然不知道為什麼，但知道太多對保命沒有太大的作用，而且他們並不是情誼那麼深的同伴，沒必要因為任達的死而賠上自己的命。

夏司宇見兩人喪失戰意，便收起手槍，打算去追杜軒他們。

突然之間天搖地動，就像是沙地裡隱藏著某種危險的生物，正想盡辦法破繭而出。

地面晃到夏司宇快要站不穩的震度。

同時，他見到這個世界開始崩壞，像是粉碎般，一塊塊化成粉末。

「這、這什麼鬼！」

「媽啊！快逃！」

兩個男人不管三七二十一，急匆匆起身往反方向奔跑。

可是他們才剛沒跑幾百公尺距離，從沙地裡竄出的長條怪物直接將他們吞食後，鑽入沙漠裡消失不見。

那個怪物有著圓形大嘴以及好幾層的牙齒，看起來就像是變異的蚯蚓。

眼睜睜看見那兩個人被怪物吃掉後，夏司宇腳底下的沙地開始向下流動，就像是流沙，將他整個人往沙子裡吸。

幸虧他發現得早，即時把腳拔出來，然而這片沙地卻已經沒有能夠安全落腳的地方，而且他可以感覺到，長條怪物正藏在沙子裡伺機而動。

夏司宇皺眉，以踏著石頭的方式快速移動到高處，盡量不讓自己被困住。

就在他來到山丘時，赫然發現附近居然有森林。

森林瀰漫著濃霧，溼氣感很重，然而那卻是現在的他唯一的庇護所。

夏司宇毫不猶豫就往森林衝過去，果然，長條怪物並沒有打算放過他，突然鑽出來想要將他吃下肚。

雖說有點浪費，但夏司宇只能選擇開槍阻撓怪物的攻擊。

可是他才剛舉起槍對準怪物，突然從旁邊飛過來的黑影直接將怪物撞倒。

怪物發出尖銳的叫聲後，側躺回沙地中，並慢慢被沙子吞沒。

夏司宇對這突如其來的狀況感到困惑，可是他沒有時間發呆，趁這個機會直接跑進森林。

雖然不知道突然冒出來幫助他打倒怪物的是什麼東西，但慶幸有它在，他才能順利進入森林。

正如他剛開始所想，森林裡的溫度很低，濃霧也占去大部分視線。

在這種地方，很容易就會讓人失去方向感，即便他想回頭，那片沙地戰場也已經在他踏入森林的瞬間被黑暗吞沒。

也就是說，現在的他沒有退路。

他很擔心杜軒的情況，要是他還被困在那個地方怎麼辦？

腦海裡剛浮現這樣的擔憂，耳邊就傳來小鳥悅耳的叫聲。

夏司宇抬起頭仰望樹木，然而他什麼也沒看到。

小鳥的叫聲再次傳來，這次他聽得很清楚，是他身後。

受到驚嚇的夏司宇立刻轉身，並舉起槍瞄準聲音來源，赫然發現身後有個被砍斷的樹根，上面放置的是一個熟悉的東西。

是他之前撿到的那個打火機。

「它怎麼會在……」

正當夏司宇打算拿起來看的時候，打火機突然被火焰包圍，接著從上面印著的小鳥圖案裡伸出一隻黑色翅膀，動作堅硬、十分艱難地掙扎著爬出來。

當牠完全出來後，小鳥抖抖身體，張開那尖銳又小巧可愛的嘴，發出嘎嘎聲。

老實說，他從沒聽過有哪隻鳥會這樣叫，而且從身型來看，也不像是烏鴉。

夏司宇當然不認為牠只是普通的動物，但奇妙的是，也感受不到牠對自己有敵意之類的。

一人一鳥就這樣對看好幾分鐘，最後先忍不住的，是那隻小鳥。

牠發出「噗哈」的笑聲，就像人一樣。

明明在進入森林時感覺到的寒氣，待在這隻小鳥身邊的時候卻完全感受不到。

「你是什麼東西？」

「不重要。」小鳥回答夏司宇，接著將他最在意的事情告訴他：「杜軒也在這，雖說『暫時』沒有危險，但你最好還是早點找到他比較好。」

夏司宇相當錯愕，可是小鳥並沒有回答，而是直接拍翅起飛。

就像是要他跟著自己似的，在夏司宇的頭頂上盤旋幾圈後，筆直飛入樹林。

原本以為在這能見度超低的森林裡會失去牠的蹤影，但他發現小鳥的周圍有著微弱的光圈，散發出足以升高周圍溫度的熱能，同時也能讓他明確知道自己的位置。

夏司宇拉開彈夾，確認子彈數量後，跟在小鳥身後慢慢進入森林深處。

第十夜

死因（下）

被戴仁佑扛走的杜軒，在他跟徐永遠的保護下，順利逃離軍人的追殺。

本來追著他們的軍人數量就不是很多，所以擺脫這些人並不是很困難，問題在於獨自留在那的夏司宇，令他擔心不已。

「我們得回去才行，萬一夏司宇之後找不到我們怎麼辦！」

剛把人放下來，戴仁佑就被杜軒揪住衣領，緊張兮兮地提出要求。

戴仁佑拍開他的手，沒好氣地冷哼，「那傢伙不可能找不到你，用不著擔心。」

「剛才有幾個軍人回頭了不是嗎?他一個人要對付那麼多人……」

「要不是你突然跑過去，現在也不會變得這麼麻煩。」

「我、我不是自願的，是突然……」

杜軒原本想辯解，但他卻發現自己不知道該怎麼說出口才好。

他的理由怎麼聽都很奇怪，只好向旁邊的徐永遠投以求救的目光。

徐永遠聳肩，「別抱怨了，你明明也很清楚杜軒不可能在那短短幾秒出現在那裡。」

「嘖。」

戴仁佑不快地咂舌，看上去心情真的不是很好。

徐永遠拍拍杜軒的後背安慰道：「那傢伙因為喜歡的獵槍被犧牲掉了所以才會這麼不爽，你別理他。」

「……什麼意思？」

「你以為剛才在山丘那槍是誰開的？」

因為事情的發展都很突然，所以杜軒根本沒有辦法好好思考，這麼說起來的話，當時的情況確實很怪，以兩人出現的時機點和開槍時機來說，完全對不上。

徐永遠見杜軒總算注意到這件事，便聳肩，「那是自動開槍裝置，雖說只能設定一次，但是卻是很少見的道具。」

「所以戴仁佑把獵槍獨自留在那裡，並設定好開槍時間？」

「不完全正確。因為時間不好抓，所以我們是用遠程控制裝置，幸好距離不是很遠，收發器接收得到，不然就麻煩了。」

怪不得戴仁佑這麼不高興，對他來說這絕對不是筆划算的投資。

「抱歉，都怪我。」

「如果說要道歉的話，我也應該說句對不起。」徐永遠頭痛萬分地嘆氣，「原本我以為這裡是夏司宇的記憶營造出來的空間，但看到剛才那個男人隨意使喚那些軍人的態度後，我才意識到自己判斷錯誤。」

杜軒壓低雙眸，並沒有對此感到驚訝。

因為他也已經隱約得出結論。

「是任達的記憶空間對吧。」

「……這種時候你的反應倒是很快。」

「夏司宇和他一起從房子裡走出來的時候，我就覺得不太對了。」

「確實那時候也有點怪，但我以為是黑影另外安排進來的死者。」

「那傢伙早就知道夏司宇和任達之間的恩怨，所以才會故意把兩個人都拉進這個空間，為了不讓我們逃出去選擇使用任達的記憶，而不是夏司宇的。」

因為他們兩個人有共同的記憶，因此剛進入這裡的時候才會讓他們產生錯覺，估計這點也在黑影人的計畫之中。

「話說回來，你到底是怎麼跑過去的？」

徐永遠十分好奇，因為他從沒見過這種事。

杜軒並沒有轉移自身位置的能力，雖說原本擔心是黑影人下的手，可是這樣想的話也有點難以解釋，害他現在思考變得非常混亂。

杜軒的腦海閃過打火機和小鳥的模樣，立刻抬起頭來想要回答，但是地面卻突然劇烈震動，就像在震央很近的位置，差點害他們站不穩腳。

徐永遠和杜軒扶著彼此，而戴仁佑則是皺緊眉頭，看著從地面冒出來的綠色植物，並迅速轉身抓住兩人，壓低身軀蹲在地上，用身體護住他們。

在震動消失後，三人才慢慢起身。

原本光禿禿的沙地，突然憑空出現綠色的森林，要說是綠洲也不太對，但是這種地方出現像熱帶雨林的環境，真的有種說不出口的奇妙感。

「哈！果然是個令人不爽的地方，沒想到還能長出這種東西。」戴仁佑對此嗤之以鼻，不避諱地將厭惡感完全表現出來，「這不就是光明正大地想要我們進去裡面？真把我們當白痴耍？」

這麼明顯的「邀請」方式，他還是第一次見到。

除了不爽，還是不爽。

但如果這裡是任達的記憶空間，那麼突然冒出的這片森林，究竟又是什麼？

「那傢伙不會真的以為我們會傻傻地進去吧？」杜軒轉頭問徐永遠，「感覺不太對。」

還沒等到徐永遠回應，三人便注意到空間開始崩塌。

徐永遠沒想到會變這樣，這絕對不是空間扭曲後產生的現象，更像支撐記憶空間的個體死亡——難道說，夏司宇真把任達殺了？

死者不會死亡，他到底是怎麼做到的！

徐永遠還在思考這個問題，恍惚之際，人已經被杜軒拉著跑。

三人被迫進入森林，想要繼續存活下去就只能這麼做，不管是陷阱或是什麼，都無所謂了。

這座森林的陰森程度不輸給之前的狩獵區，但遠比它還要更加溼冷，還有著包圍小鎮的那種濃霧。

在進入森林範圍後，沙漠便消失不見，並且被濃霧所取代。

止步不前是大忌，而且現在他們也已經沒有退路，眼前只剩下「前進」一個選擇。

森林很安靜，沒有蟲鳴、動物的聲響，就像是沒有活物生存。

對戴仁佑來說，這種地方對他來說不成問題，於是很自然地就在前面帶路。

抱怨歸抱怨，戴仁佑也不過是刀子口豆腐心，不但氣消得快，適應能力也很強，但在走了幾分鐘的路程後，徐永遠和杜軒注意到戴仁佑在旁邊的樹幹上發現某種東西，突然停止前進的腳步。

換作平常，戴仁佑肯定會立刻告訴他們發現什麼狀況，但這次他卻像是突然變成石像，動也不動。

兩人互看彼此，徐永遠決定上前問問。

「你突然之間停下來做什……」

他用抱怨的口氣，邊問邊伸出手，但還沒碰到戴仁佑的身體，就被他用力揮開。

徐永遠嚇一大跳，瞪大雙目看著戴仁佑，赫然發現他的臉色充滿憤怒。

和剛才跟他們發脾氣時的態度完全不同，這次戴仁佑是真的在生氣，甚至充滿恨意。

徐永遠不明白他為什麼突然間會變成這樣，但很快的，他就知道了理由。

戴仁佑猛然驚醒，用力推開恍神的徐永遠，接著衝過去拽住杜軒的衣服，拉著他躲到樹幹後面去。

兩人滿頭問號，尤其是杜軒，他看出戴仁佑好像想躲避什麼。

原本想開口問清楚，可是戴仁佑卻很不客氣地摀住他的嘴，差點喘不過氣來。

「……不想死就閉嘴。」

戴仁佑沙啞地低語著。

隨後，安靜無聲的森林裡便傳出踩踏樹枝落葉的脆響，很明顯，有人在靠近這裡，而且還不只一個人。

看樣子戴仁佑要躲的就是這群人，從反應來看，他並不是第一次遇見這些人。

蹲在地上的徐永遠也聽見聲響，悄悄躲到安全的位置，三人就這樣靜靜聽著腳步聲慢慢地接近，直到出現在眼前。

杜軒從躲藏的位置偷看，詫異到差點咬到舌頭。

那些人頭上戴著動物的頭顱，其他部分則是人體，體格比普通人要來得高大強壯，光拳頭就能夠直接打死人的樣子。

他們穿著獵人的服裝，甚至連手裡拿著的武器也都是看起來火力很強的獵槍。

原本以為那顆動物頭是頭套，但它的鼻子跟耳朵卻很自然地抖動著，很明顯是一體的。

「半人半獸」這個詞瞬間閃過杜軒的腦海。

有狼、熊，還有鹿。

說真的，是很奇妙的組合。

這群「半人半獸」為五人小隊，牠們不斷抖動鼻子，憑藉氣味來判斷方向以及獵物的位置。

牠們停下腳步，在這片區域徘徊、搜索，並很快鎖定杜軒和徐永遠的位置。

徐永遠意識到這些傢伙注意到他們，頓時臉色鐵青，急忙拽住杜軒的手往反方向逃跑，這群人也立刻追過去。

拉著跑不快，所以徐永遠很快就鬆手，他知道杜軒會跟在他身後全力奔跑。

只可惜，還是在短短幾秒鐘之內就被追上。

龐大的身軀並沒有影響牠們的行動速度，輕而易舉就繞到徐永遠和杜軒面前，而後方追過來的「半人半獸」則是阻斷後方退路，將兩人包圍起來。

杜軒沒想到事情會變成這樣，更不會想到森林裡居然存在這種誇張的怪物。

可能是太久沒遇到怪物的關係，害他都快要忘記這些傢伙的危險性了。

「嘖……這些傢伙搞什麼……」

「徐永遠，你見過這種怪物嗎？」

杜軒試圖冷靜詢問，因為這些怪物並沒有馬上攻擊他們，像在評估敵人般觀察他們，歪頭晃腦的樣子，讓人懷疑這些怪物的智商。

「沒見過，我是第一次看到這種類型的怪物。」徐永遠冷汗直冒，小心提防這些怪物，畢竟無法確定這些傢伙接下來會做出什麼樣的行動。

突然，鹿頭怪物舉起獵槍，但牠還沒來得及開槍，面對牠的狼頭怪物先被人從背後擊倒，頸椎部位噴灑出大量鮮血，倒地的同時，牠手裡的獵槍也被人迅速接住，朝著拿槍對準杜軒和徐永遠的鹿頭怪物，自信滿滿地扣下板機。

開槍的戴仁佑十分確信自己不會傷到兩人，速度快而準確，他的出現也讓剩下的三隻怪物嚇得不輕。

牠們完全沒料到會變成這樣，慌忙逃跑，就像是受到驚嚇的普通野生動物。

杜軒和徐永遠瞪大眼睛看著不知道什麼時候跟上來的戴仁佑，很訝異他能夠這麼輕鬆對付這些「半人半獸」，就好像很了解這些怪物似的。

戴仁佑只花幾秒檢查獵槍的情況後，才對著兩人說：「跟我來，盡量不要出聲。」

雖然不知道現在是什麼情況，但徐永遠和杜軒仍乖乖點頭，跟在戴仁佑身後。

三個人離開遇到「半人半獸」的區域，來到一處矮山崖底下的石穴。

這裡看起來是天然形成的洞窟，裡面的溫度比外面還要低很多，有種走進冷凍庫的感覺，但比起危險的外面，杜軒和徐永遠並不抗拒進入洞窟。

冷歸冷卻很乾爽，美中不足就是無法生火取暖。

「暫時在這裡喘口氣，溫度可以躲避那些傢伙的眼睛，氣味也不容易傳出去。」

「現在能解釋一下這裡到底是什麼地方了嗎？」

完全不打算休息的徐永遠雙手環胸，非常不滿地質問戴仁佑。

戴仁佑早料到徐永遠會是這種態度，便將撿來的獵槍扔給他。

徐永遠一臉疑惑地接住後，就聽見戴仁佑對他說：「仔細看看那把槍。」

「什麼意……嗯？」

剛開始他還沒反應過來，直到這次才看清楚——他見過這把獵槍，而且還是在不久之前。

「……這把獵槍不就是你之前用的那把？」

「哈，你果然聰明。」戴仁佑十分滿足地笑道：「沒錯，之前那把就是我從這些傢伙手上搶過來的戰利品，因為很輕、威力強，所以我很喜歡。」

「也就是說你之前確實來過這裡。」

「以前轉移的時候見過，但並不是在這座森林。」戴仁佑垂眼，露出複雜的神情，語氣也不如剛才那般輕鬆，「這裡是我生前最後一次工作的地方。」

杜軒皺眉，「這就是你剛才態度突然變得奇怪的原因？」

戴仁佑所說的意思，很明顯就是在表明這座森林是他「死亡的地點」，可是從他的態度看來，他的死並不是自然死亡或者天災等因素。

戴仁佑沒有回答，但他苦惱地將手埋入掌心的態度已經說明一切。

「我看到樹幹上的記號才意識到的，畢竟森林看起來都差不多。」

「記號？」

「那是我跟同伴在工作時為了標記位置所做的記號。」

「說起來，我記得大叔你是個獵人。」杜軒摸著下巴，想來思去後，只覺得戴仁佑生前應該是做盜獵者之類的工作，不過現在計較這些沒有什麼意義就是了。

他並沒有追問戴仁佑的身分，而是攤手道：「但這裡的感覺不像是大叔你的記憶，總感覺好像哪裡不太對勁。」

「確實跟之前的『回憶空間』不太一樣，這裡感覺起來比較像是我們以前玩的那些遊戲。」

雖然沒辦法解釋清楚，可是杜軒和徐永遠很有默契地產生同樣的想法，難道說，因為他們是「管理人」的靈魂碎片，所以才能如此清楚地分辨出這些空間的差異？

倒也不是不可能。

「你會那樣想也是正常的，因為這個地方的空間，大部分都是參考死者的記憶並具體化，這個地方參考的就是我的記憶。」

「原來如此，這種情報我還是第一次聽說。」

「你會知道才奇怪吧。」戴仁佑無奈苦笑，「我也是花很多力氣才打聽出來的，可不像你那樣輕輕鬆鬆就能『聽』見。」

提起這件事，徐永遠忍不住嘆氣。

他的耳朵受傷雖然已經在恢復之中，但能力卻還處於受影響的狀態下。

看來他以前真的太過依賴自己的特殊能力。

「話雖如此，但我記得的有限，這點就跟夏司宇差不多，可能實際上幫不到什麼忙。」

杜軒盤腿坐在地上，靠著冷冰冰的石頭，懶散地說：「無所謂，反正現在我們的敵人只有那些怪物，問題就在於我們要怎麼離開。」

「離開」這兩個字，確實是他們目前最大的問題。

「只要還被那東西盯著，我們就沒辦法逃走吧。」

徐永遠很清楚杜軒口中的「那東西」，指的就是黑影人，而他確實也沒說錯。

不現身並不代表沒在看，只不過，刻意讓他們到這裡來的理由，究竟是什麼？

從目前的結論來看，也只有讓戴仁佑重新取回相同的愛槍而已。

「大叔，你剛才會變得這麼敏感的原因，應該不只是看見記憶中的標記，對不對？」

戴仁佑嚇一跳，他沒想到杜軒竟然會這樣想。

他皺眉瞪著杜軒，非常苦惱，但最後他仍選擇老實回答。

「我當時確實有點反應過度，抱歉。」

杜軒瞇起眼眸，心裡已經有了簡單猜測。

他將得到的線索重新拼湊，發覺到真正讓戴仁佑慌張的原因。

「你見到標記後就很慌張，像是害怕什麼，躲開徐永遠的手，在那之後你又說了這些標記是你在工作時和伙伴們使用的東西……大叔，你要自己說，還是我開口？」

戴仁佑啞口無言，怎麼杜軒的笑臉變得一天比一天還要狡詐起來？

明明初次見面的時候就只是個小鬼頭，現在倒是老練許多，真讓人沒辦法打從心底喜歡他，天曉得夏司宇那傢伙怎麼會瞎了眼，老是要保護他。

「哈啊……你現在這樣真的很討厭。」

「大叔你是被同伴殺死的吧！」

杜軒完全沒有憐憫心，開心笑著說出自己的猜測。

當他看見戴仁佑的臉色刷黑的瞬間，立刻就明白自己沒猜錯。

兩人之間的氣氛頓時變得很微妙，就連徐永遠都忍不住開始同情戴仁佑。

這男人怎麼老是被杜軒和夏司宇欺負？明明看上去不是這種個性，行事作風也很乾淨俐落，但不知道為什麼，總是笨拙得有些微妙。

杜軒收起維持不到五秒鐘的笑容，垂下嘴角。

怪不得戴仁佑會這麼在意夏司宇，就因為戴仁佑和夏司宇都是被同伴背叛，才會下意識產生親近感？

「你知不知道你這小子真的很可怕？光這點線索都能被你看出來。」

「我就當你是在稱讚我。」

「行吧，要說是稱讚也沒錯……」戴仁佑大口嘆氣，轉頭對徐永遠說：「這個地方很危險，不管怎麼樣，得盡快找到離開的方式才行，否則你們倆性命難保。」

徐永遠點頭同意，但杜軒卻直截了當地說：「在找到夏司宇之前，我不會離開這裡。」

兩人看著杜軒，很清楚他是因為擔心夏司宇的安危才這麼說，可是坦白講，他們根本就不知道夏司宇現在身處何處，只好面有難色地對望。

「我知道你擔心夏司宇，不過他要我們保護你，而且我們現在還得去指南針顯示的位置……」

「你是要我丟下他一個人不管嗎。」

「別給我鬧脾氣了，你明知道我們不是這個意思。」

戴仁佑煩燥地搔頭，這兩個人關係真的好到讓他頭疼，只好抬手阻止還想努力說服杜軒的徐永遠，搖頭示意他不要再浪費力氣。

杜軒固執得跟老頭子似的，想要讓他改變主意，比登天還難。

「如果夏司宇遇到的情況和我們一樣，估計他應該也進入了這片森林。」杜軒繼續無視兩人尷尬的表情，坦然說出自己的想法，「找一找的話一定能遇到他。」

「別自信過頭了你。」戴仁佑很不高興地說：「你以為這座森林那麼好找？就算他真的在這裡，也不見得能夠找到我們。」

戴仁佑說完之後，突然被從洞外飛進來的小鳥直接撞擊後腦勺。

他痛到差點咬到自己的舌頭，正想破口大罵，就看見那隻小鳥在洞內繞一圈之後變成打火機的模樣，從杜軒的頭頂掉下去。

杜軒反射性接住從空中掉落的物體，眨眨眼盯著躺在掌心的打火機感受到從裡面散發出的暖意。

它一瞬間就驅散了洞內的低溫，杜軒甚至覺得這個打火機是有生命的，而非冷冰冰的物體。

就在所有人的目光集中在打火機的身上時，站在洞窟外的男人，緩慢地走了進來。

慢半拍才發現有其他人在的戴仁佑和徐永遠，同時拿起槍瞄準對方，卻在看見那張臉之後，驚訝得同時喊出男人的名字。

「夏司宇！」

戴仁佑的嗓門大到蓋過徐永遠的聲音，但沒人在乎。

主動找到他們的夏司宇，簡直讓人摸不著頭緒！

「等……給老子等一下，你是怎麼找到我們的！」

戴仁佑低聲呢喃，完全不懂為什麼會這樣。

看著徐永遠和戴仁佑困惑的表情，握著打火機的杜軒心裡非常明白這是怎麼回事。

他笑著和面無表情的夏司宇對望，即便現在的他，左眼沒有被眼罩遮住，露出觸目驚心的可怕傷口，也不會讓他的心產生一絲動搖。

夏司宇注意到杜軒的笑臉，輕輕扯動嘴角，快步走向他。

「我回來了。」

「歡迎回來。」

簡單四個字，如同出外後回到家的問候。

杜軒指指自己的左眼，向夏司宇示意，「你的眼罩怎麼回事？」

夏司宇似乎這才想起眼罩的事，摸摸左眼後說道：「啊，我忘了。」

這兩人和樂融融相處的態度，讓戴仁佑和徐永遠一度尷尬到無法插嘴。

明明還沒有安全，但怎麼感覺好像已經沒事了一樣？

「是這傢伙帶你來的對吧。」杜軒拿起打火機，「你怎麼會跟牠在一起？」

這隻小鳥百分之百有問題，先是把他轉移到危險之中，接著又把夏司宇帶回他身邊，讓人越來越搞不懂牠到底在打什麼算盤。

夏司宇點點頭，「雖然不怎麼值得信任，但牠確實有幫上忙。」

「真巧，我也不信。」杜軒垂眼盯著打火機，直接和它說話：「別裝死了，我們可不會因為你出手幫忙就感謝你。」

打火機沒有反應，過了好幾秒才開始震動起來。

它從杜軒的手上跳下來，掉在地面，像條活魚般掙扎幾下後，瞬間變大。

突如其來的變化差點沒把四人嚇死，他們同時往後退幾步，夏司宇更是立刻拉住杜軒。

除了杜軒外，其他人都緊握手中的槍，靜靜看著打火機變成一扇門的模樣，只不過這扇門並沒有門把，而且並不與任何牆壁相連。

四人緊張地看著它的變化，接著聽見「嘎」的聲響後，門慢慢地打開來。

門內是一片白光，什麼都看不見，完全不知道它通往何處。

這讓人猶豫，沒有辦法完全放心地走進去裡面一探究竟，然而，他們能猶豫的時間並不多，因為洞外傳來了野獸的吼叫聲。

戴仁佑一聽就知道是那些「半人半獸」，雖然不知道牠們為什麼會突然發現這裡，但聽起來就很不妙。

「沒多少時間了！得離開這裡！」他催促其他三人，並握緊獵槍做好隨時戰鬥的準備。

杜軒深知現在情況危急，雖然這並不是最好的決定，但再怎麼樣也不會比現在更糟糕。

「進去吧。」杜軒說完，抓住夏司宇的手腕，跨入白光之中。

徐永遠緊抿雙唇，硬著頭皮進入門裡，負責殿後的戴仁佑也很快跟在後面。

門緩緩地關上，而遲了幾秒鐘才到達的「半人半獸」因為丟失目標，在附近嗅了嗅之後，興奮的心情緩和下來，也不再隨意亂吼。

從樹木的影子裡，黑色的人影鑽出來。

它站在「半人半獸」之間凝視著眼前的洞窟，一步步走進去，來回觀望。

最後它看著地方向，正好就是「門」消失的位置。

『是那個人的氣息。』沙啞的聲音輕輕呢喃著，並慢慢加重語氣，充斥著憤怒感，再次重複這句話，**『是那該死的氣息……』**

黑影人發出笑聲，那是尖銳難聽，幾乎要讓人的腦袋炸裂的可怕聲音。

這根本稱不上是笑聲，比較像是折磨人的噪音。

『哈！終於出現了，終於……』

黑色的臉龐，明明看不清楚五官，但此時此刻卻彷彿能夠清楚看見上揚的嘴角。

——那是令人不寒而慄的得意笑容。

在白光中的杜軒突然感到背脊發冷，就像是被某個人盯著看似的，泛起一股不安的預感。

但是他沒有轉過頭，直直地抓住夏司宇的手往前走，直到通往白光的盡頭。

當白光散去，四人來到的是裝潢華麗，如西方宮殿般的房間，簡直就像是來到五星級飯店。

他們進入的門變回小鳥的型態，拍拍翅膀飛向站在他們正前方的男人，杜軒順著牠飛翔的路線，將視線落在對方身上，和身旁其他人一樣，露出驚訝的表情。

恭候已久的男人笑著將雙手收在身後，相當滿意他們受到驚嚇時的反應。

「梁宥時?你怎麼……」

「我的能力很方便對吧。」

「不是、你為什麼……」

杜軒驚訝到快說不出話，但梁宥時的態度卻很坦然自若，和之前畏畏縮縮的模樣完全不同，現在的他，充滿自信。

「是牠救了我，並把我帶來這裡，還讓我能夠順利地控制自己的特殊能力。」

杜軒猛然轉頭盯著那隻欠揍的小鳥看，但完全看不懂牠在想什麼。

「你……到底是……什麼?」

小鳥全白的眼珠，映照出杜軒微微害怕的表情。

牠張開嘴，第一次開口和他說話。

「歡迎，我的靈魂碎片們。」小鳥用那很不好聽的低沉聲音，對杜軒以及他身旁的徐永遠說道：「我是你們的同類，你們可以叫我——管理人。」

——《殺戮靈魂04》完

後記

各位好，我是好想看恐怖片但是卻找不到好片可看的缺糧草。

眾所皆知（並沒有）坑草是個很愛看恐怖類影片的人，尤其對於末日、喪屍類作品更沒有抵抗力，不過因為看得太多的關係所以導致大部分的電影、影集之類的都看到無感，結果就變成嚴重缺糧狀態（眼神死）。近期覺得好看的只有溫子仁的《Malignant》（台灣譯：疾厄），寫後記當下《窒友梅根》台灣還沒上映所以要等，坦白講好想看這部拍續集，很久沒看到這麼合口味的恐怖片了（溫子仁我的神）。是說我還在等《喪屍出籠》影集第二季，感覺要無了（淚）。

雖然少了恐怖片來療癒心靈，但我還有球賽可以看所以，給過（喂）。

再聊下去真的會偏題太遠，我也會忍不住開始寫成電影推薦心得，所以趁還沒跑題前趕緊來聊聊第四集內容。其實這集資訊量很算大，而且揭露不少秘密，我真的滿喜歡寫夏哥和杜軒的兩人小旅行，寫著寫著就有種很幸福的感覺，被夏哥寵著的杜軒真的很有趣。當然我也沒忘記大叔那邊，會合之後大叔真的開始有種後悔的感覺，可惜要反悔已經來不及了（笑）。

這集打架畫面比較多，還有很受編輯們喜愛的傭兵們也有登場，原本是想讓他們組團打的，但為了防止爆字，只好挪到第五集再讓他們打團。

時間過得好快，下一集就是完結篇。我會努力寫完這個故事的，然後接著當然就是開新坑啦！最後，感謝購買並支持這本小說的你，如果喜歡的話請給予坑草支持，讓坑草能夠繼續寫下去。我們下本後記再見^^！

草子信

草子信ＦＢ：：https://www.facebook.com/kusa29

高寶書版集團
gobooks.com.tw

輕世代 FW398
殺戮靈魂04

作　　者　草子信
繪　　者　茶渋たむ
編　　輯　賴芯葳
校　　對　陳凱筠
美術編輯　彭裕芳
排　　版　彭立瑋
企　　畫　李欣霓

發 行 人　朱凱蕾
出　　版　三日月書版股份有限公司
Printed in Taiwan
地　　址　臺北市內湖區洲子街88號3樓
網　　址　www.gobooks.com.tw
電　　話　(02) 27992788
電　　郵　readers@gobooks.com.tw（讀者服務部）
傳　　真　出版部　(02) 27990909　行銷部 (02) 27993088
郵政劃撥　50404557
戶　　名　三日月書版股份有限公司
發　　行　英屬維京群島商高寶國際有限公司台灣分公司
Global Group Holdings, Ltd.
初版日期　2023年5月

國家圖書館出版品預行編目(CIP)資料

殺戮靈魂/草子信著.-- 初版. -- 臺北市：三日月書版股份有限公司出版：英屬維京群島高寶國際有限公司臺灣分公司發行, 2023.05-
面；　公分. --

ISBN 978-626-7152-72-0(第4冊：平裝). --

863.57　　112005186

三日月書版

三日月書版

GOBOOKS & SITAK GROUP©

GOBOOKS
& SITAK
GROUP©